KB098165

비만
권하는
사회에서
살아남기

일러두기

- 이 책의 일부 내용은 네이버 프리미엄 콘텐츠 파트너 채널 〈비만 권하는 사회〉에 연재된 바 있습니다.

- 이 책은 2021년에 출간된 《비만의 사회학》의 개정증보판입니다.

비만 권하는 사회에서 살아남기

박승준 지음

살찌는 건 정말 내 탓일까?

청아출판사

우리는 늘 새해가 되면 멋진 계획을 세운다. 어학 공부를 열심히 해서 토익이나 토플 만점에 도전해 보겠다, 열심히 운동해서 멋진 몸을 만들어 보겠다, 꼭 담배를 끊겠다 등등 결심 내용은 제각각이다. 아마도 그중 가장 많은 사람이 다짐하는 새해 목표는 체중 감량과 몸매 관리가 아닐까? 초콜릿 복근을 만들거나 여름휴가 때 비키니를 입고 해변을 활보하는 모습을 상상하면서 말이다. 이런 마음을 겨냥해서 새해가 되면 특수를 누리는 산업이 있다. 어학원, 다이어트 식품 산업, 헬스클럽 등이다. 사람들의 굳은 결심을 기회로 삼는 이런 산업을 이른바 '결심 산업'이라고 부른다.

최근 직장인을 대상으로 벌인 한 설문 조사 결과가 이를 증명한다. '새해 계획을 세우셨나요?'라는 문항에 응답자의 약 90%가 '그렇다'라고 답변했다. 새해 목표를 묻자, 55%가 넘는 응답자가 운동과 다이어트로 건강과 몸매를 관리하겠다고 답했다. 하지만 많은 사람이 결국에는 작심삼일을 경험한다. 그 이유는 조금 어이없게도, 나를 통제해 주는 사람이 없어서란다.

결심 산업의 불편한 진실은 카드 승인 결과에서도 드러난다. 전년 12월과 비교해서 당해 1월의 다이어트 산업이나 학원 관련 업종의 카드 승인액은 가파르게 상승하지만, 2월에는 다시 뚝 떨어진다고 한다. 수없는 다이어트 시도 속에서 우리에게 남는 것은 결국 요요뿐인 경우가 많다.

이렇게 살을 빼기 힘든 이유는 도대체 무엇일까?

"에이, 그거야 나 때문이죠. 누구 탓을 하겠어요. 다 내가 의지박약이라서 그래요."

아마도 이렇게 답하는 사람이 많으리라 여겨진다. 필자가 강의하고 있는 경희대학교의 학생들을 대상으로 한 설문 조사에서도 자신의 의지가 약하기 때문이라고 답한 비율이 80%를 넘을 정도로 압도적이었다. 하지만 누군가는 이렇게 말할 수도 있지 않을까?

"내가 살을 빼려고 해도 주변 상황 때문에 쉽지가 않아요. 그러니 나만의 책임은 아니에요."

언뜻 이해되지 않는 말인 듯하다. 살이 찐 것은 자기가 많이 먹고 운동을 게을리해서 그런 거 아닌가? 왜 다른 핑계를 댈까?

그렇다면, "요즘 사람들이 쉽게 살이 찌는 이유는 무엇일까?"라고 질문을 한번 바꿔 보자. 살 빼기 어렵다는 말은 많이 하면서 정작 이런 질문을 하는 경우는 별로 없다. 대체 우리가 쉽게 살이 찌는 이유는 과연 무엇일까?

실제로 전 세계 비만 인구는 이미 10억 명을 넘어섰다. 세계보건기구(World Health Organization, WHO)가 국제 학술지 《랜싯(The Lancet)》에 발표된 연구를 인용해 밝힌 바에 따르면, 2022년 기준 전 세계 비만 인구는 10억 3,800만 명에 이르렀다. 전 세계 80억 인구 가운데 8명 중 1명은 비만이라는 말이다. 이 중 성인이 8억 7,900만 명, 어린이와 청소년이 1억 5,900만 명이었다. 성인은 체질량지수(body mass index, BMI: 몸무게(kg)를 키(m)의 제곱으로 나눈 값)가 30 이상이면 비만으로 분류했고, 어린이와 청소년의 비만 판정은 세계보건기구가 정한 별도의 기준에 따랐다. 비만 인구의 숫자보다 더 걱정되는 것은 증가율이다. 1990년과 비교해 성인 비만은 2배 이상 증가했고, 어린이와 청소년 비만은 4배나 증가했다. 과체중(BMI 25 이상)까지 범위를 넓히면, 전 세계 성인의 43%인 25억 명이 비만 위험군에 해당한다.

왜 이렇게 비만이 확산하고 있을까? 흔히 생각하는 것처럼, 우리가 많이 먹고 운동을 하지 않아서일까? 즉, 탐식과 나태 같은 개인적 책임 때문에 현대 사회에 비만이 만연한 것일까? 하지만 어느 특정 시점부터 갑자기 전 세계 사람들이 많이 먹고 게을러졌다고 생각하기는 어려운 일이다. 그렇다고 사람들이 갑자기 살이 잘 찌는 체질로 변했을 리도 없을 것 같다.

프란시스 들프슈(Francis Delpeuch) 외 3인이 지은 《강요된 비만(Globesity: A Planet Out of Control?)》과 배리 팝킨(Barry Popkin)의 《세계는 뚱뚱하다(The World Is Fat)》라는 책에는 '사회적 비만'이라는 개념이

나온다. 이 저자들은 최근 40여 년간 선진국과 개발도상국을 가리지 않고 전 세계적으로 증가 추세에 있는 비만은 개인의 책임만으로는 설명할 수 없다고 주장한다. 현대 사회에서 비만이 유행하는 데는 우리를 둘러싼 환경의 변화가 큰 역할을 했다는 것이다. 우리는 이름하여 '비만 권하는 사회'에서 살고 있는지도 모른다.

국민건강보험공단이 발표한 〈2018년 비만에 대한 인식도 조사〉를 보면 흥미로운 결과가 눈에 띈다. 응답자의 61%가 현재 자신의 체형에 대해 '매우 살이 쪘거나 살이 찐 편이다'라고 인식했다고 한다. 응답자 대부분이 BMI 25 이하였는데도 말이다. 또한 응답자의 87%가 '비만은 본인의 책임이다'라는 주장에 동의한다고 답하여 비만 문제를 개인의 책임으로 여기고 있었다. 하지만 응답자의 85%가 비만을 유도할 수 있는 사회적 요인에 대해 인지하고 있었다. 즉, 자신이 속한 사회에 비만을 유발할 수 있는 요인들이 존재하지만, 살이 찌는 것에 대한 책임은 개인에게 있다고 생각하는 사람이 많다는 것을 알 수 있다.

"비만을 유도하는 요인은 사회에도 있지만, 살이 찌는 것은 개인 탓이다!"

뭔가 모순되지 않나? 그러면 정말 우리 대부분은 의지가 약한 사람인 걸까?

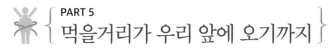

PART 1

비만한
인류(*Homo obesus*)의
등장

뚱뚱한 게
죄라고?

"비만은 21세기 신종 전염병이다."

2014년 세계보건기구(WHO)는 비만을 치료가 필요한 질병으로 분류하면서 21세기의 신종 전염병으로 규정했다. 비만이 질병인 것도 의아한데 전염병이라니. 하지만 비만은 질병이다. 엄연히 〈한국표준질병·사인분류〉에 E66으로 질병코드가 부여되어 있다. 기질적, 유전적, 대사적 원인으로 비만이 생길 수도 있지만, 대부분은 특별한 원인이 없는 일반적인 비만, 즉 단순 비만(simple obesity)이다.

👤 '비만' 하면 떠오르는 이미지

우리는 대부분 살찌는 걸 싫어한다. 그 이유는 물론 건강 문제도 있겠지만, 뚱뚱한 사람을 부정적으로 바라보는 사회적 인식도 한몫할 것이다. '비만'이란 단어를 들으면 어떤 이미지가 떠오르고, 매우 뚱뚱한 사람의 사진을 보면 어떤 생각이 드는가? 아마도 그리 긍정적인 것은 아닐 것이다.

실제로 많은 사람이 비만한 사람을 보면 "자기 관리를 못하는 사람으로 보인다." 혹은 "건강하지 않아 보인다." 같은 부정적인 이야기를 한다. "성격이 느긋해 보인다." 혹은 "부유해 보인다." 같은 긍정적인 의견은 거의 없다. 즉, 사람들은 일반적으로 '비만' 하면, 의지가 약하다거나 탐욕스러운 이미지를 떠올린다.

그렇다면 때 묻지 않은 순수한 아이들은 어떻게 생각할까? 이에 관한 흥미로운 연구가 있었다. 6~10세의 남자아이 90명에게 비만한 사람의 사진을 보여 주자, 아이들은 뚱뚱한 사람을 '게으르다', '더럽다', '멍청하다', '못생겼다', 심지어 '거짓말쟁이' 또는 '사기꾼'이라고 묘사했다.

이처럼 우리는 비만한 사람은 많이 먹어서 살찐 것이고, 의지가 약해서 살을 빼지 못한다고 생각한다.

👤 비만을 바라보는 시선의 변화

하지만 옛날에는 뚱뚱한 몸을 바라보는 시선이 지금과는 달리 매우 우호적이었다. 무려 2만 년 전에 만들어진 '빌렌도르프의 비너스'

그림 1-1. 빌렌도르프의 비너스   그림 1-2. 로셀의 비너스

라는 유명한 석상이 있다. 이는 오늘날 우리가 알고 있는 비너스와
아주 다르게 매우 풍만한 여성의 모습으로 표현되어 있다. 프랑스
도르도뉴 지방의 어느 동굴에서 발견된 석회암에 새겨진 '로셀의 비
너스'라는 부조에도 뚱뚱한 여성의 모습이 담겨 있다. 심지어 중세
귀족들은 자기 초상화를 그리거나 전신 석상을 만들 때 실제보다 더
뚱뚱하게 표현되길 원했다. 유명한 '밀로의 비너스'나 보티첼리의
〈비너스의 탄생〉이라는 그림을 보아도 지금 우리가 미인이라고 얘
기하고 선망의 대상으로 여기는 날씬한 여성은 없다.

   1770년 영국에서 태어난 대니얼 램버트(Daniel Lambert)는 위풍당당
한 체구로 명성을 떨쳤다. 그의 키는 180cm, 허리둘레는 285cm, 종

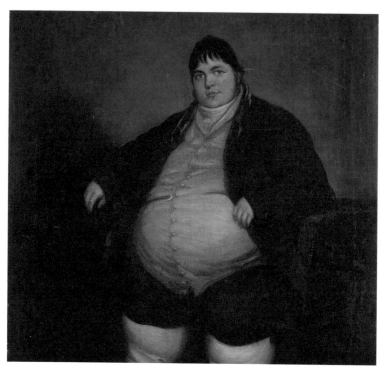

그림 1-3. 대니얼 램버트

아리 둘레는 94cm, 체중은 335kg이었다고 한다. 지금 기준으로 치면 BMI가 103이 넘는 초고도 비만이다. 램버트가 뚱뚱했던 이유는 유전적 혹은 대사적 이상 때문인 것으로 보인다. 음식을 많이 먹지는 않았다고 하니까 말이다. 당시 영국 사람들은 램버트를 '포틀리 젠틀맨(portly gentleman)'이라고 불렀다. 위풍당당하고 매우 인상 깊은 사람이라는 뜻이다. 스탬퍼드 시청 시장실에는 그의 초상화가 걸려 있었고, 그의 이름을 딴 술집도 생길 만큼 그에 대한 대중의 인식은

비만 권하는 사회에서 살아남기

그림 1-4. 1965년 서울 의대 부속병원에서 열린 '베이비 서울' 우량아 선발대회

호의적이었다. 램버트는 1809년 39세라는 젊은 나이에 세상을 떠났다. 친구들은 그의 묘비에 이런 글귀를 새겼다.

"돌이켜보면 레스터의 토박이 램버트는 행복하고 유쾌한 정신의 소유자였으며, 거대함으로 치자면 그를 따를 자가 없었다. 램버트를 기리기 위해 친구들이 이 묘비를 세우다."

이렇게 우호적인 글이 담긴 묘비에 한참의 세월이 흐른 뒤 '뚱보'라는 낙서가 새겨졌다고 한다. 18세기와 달리 램버트에 대한 인식이

극적으로 변했음을 알 수 있다.

우리나라에서도 먹고살기 어렵던 시절에는 뚱뚱함을 긍정적으로 인식했다. 1965년에는 서울시와 대한소아과학회 주최로 '베이비 서울' 우량아 선발대회가 열리기도 했다.^(그림 1-4) 이러한 행사에서는 포동포동 살찌고 몸무게가 많이 나가는 아기들을 선발했다. 당시 우리나라는 지금보다 형편이 어렵고 영양 상태가 좋지 않을 때라 통통하게 살이 오른 아이를 보며 위안을 삼았고 더 밝은 미래를 기대했다.

이렇듯 뚱뚱함은 불과 50여 년 전만 해도 부의 상징이었다. 잘사는 사람들만이 뚱뚱해질 수 있는 때였으니 말이다. "뱃살은 인품과 비례한다."라는 말도 흔히 했다. 미리 지방을 저장하는 것을 비상시를 대비한 비축분으로 여겼다. 하지만 요즘은 V라인 턱선이나 S라인 몸매 등 군살 하나 없이 매끈하고 날씬한 사람들을 부러워하며 이를 미의 기준으로 여긴다. 요즘 사람들의 인식은 어쩌다 이렇게 달라진 걸까?

👤 뚱뚱함은 왜 부정적인 이미지를 갖게 됐을까?

20세기 초 미국에서는 비만한 사람들에 대한 도덕적 판단이 개입되기 시작했다. 즉, 비만이 폭식과 나태함의 상징으로 바뀌는 계기가 생긴 것이다. 그중 하나는 1912년에 행해진 보험계약자 대상 연구였다. 이 연구를 통해 체중이 증가함에 따라 사망률도 증가한다는 것을 알게 됐다. 체중이 많이 나가 사망할 가능성이 큰 경우에는 보험료를 더 많이 받아야 하므로 보험회사 측에서는 뚱뚱한 것을 좋지 않게 보는 것이 당연했다.

또 다른 계기는 제1차 세계대전이었다. 전쟁이 나면 먹을 게 부족해지니 후방에서는 배급제를 시행한다. 이때 배급받으러 나온 사람이 뚱뚱하다면, "저 사람은 애국심이 없나 봐. 혼자 음식을 다 먹었나 보네." 하고 손가락질하기 시작했다는 것이다. 뚱뚱한 사람은 이기적이고 나라를 위하지 않는 사람이라는 평가를 받으면서 사람들은 뚱뚱한 것을 죄악시하게 되었다.

아울러 1900년대 초 영화 산업의 부흥은 날씬한 몸매에 대한 대중의 열망을 부추겼다. 당시 사람들은 영화관 스크린에 등장한 미끈한 할리우드 스타를 보며 그들을 닮고 싶어 했다. 할리우드 스타들은 이상적인 체형에 대한 대중적 이미지 형성에 큰 영향을 미쳤다. 실제로 1920~1930년대 미국에서는 중산층 여성들을 중심으로 새로운 다이어트 문화가 자리 잡았다. 1930년대부터는 비만의 위험성을 경고하는 의학 지식이 본격적으로 쏟아져 나왔다. 이렇게 뚱뚱한 몸을 부정적으로 바라보는 인식은 더욱 널리 퍼져 나갔다.

이처럼 사회적, 문화적, 신체적 요인이 복잡하게 얽혀 우리가 몸을 바라보는 관점을 형성한다. 게다가 우리가 살아가는 현대 사회에는 체중 증가를 유발하는 다양한 원인이 곳곳에 숨어 있다. 그러니 자기 체형에 불만을 느끼는 사람이 많아지는 것도 어쩌면 당연하다고 할 수 있겠다.

🧍 비만의 정의와 BMI

비만은 체내에 과다한 양의 지방이 쌓여 있는 상태를 말한다. 단순히 체중이 많이 나간다고 비만이 아니다. WHO는 지방이 많아서 건강에 해를 끼칠 때를 비만이라고 정의한다. 비만 여부는 대개 BMI라는 척도를 이용하여 판정한다. BMI는 간단하게 값을 구할 수 있고, 현재 사용하는 척도들 중 체내 지방 비율과의 상관관계가 가장 크기에 일반적으로 사용되고 있다. 하지만 BMI는 원래 비만한 사람을 정의하고자 나온 것이 아니라 영양실조인 사람들 가운데 치명적으로 체중이 표준 이하인 사람을 정의하기 위해 만들어졌다고 한다.

서양인과 우리나라 사람을 포함한 아시아인에게 적용되는 BMI의 기준은 서로 다르다.〈표 1-1〉 WHO의 비만 분류 기준에 따르면 서양인은 BMI 25 이상이 과체중, 30 이상이 비만인 반면, 아시아인은 BMI 23 이상을 과체중, 25 이상을 비만으로 분류한다.

〈대한비만학회 비만 진료지침 2022〉에 따르면, 한국인의 경우 BMI 23~24.9는 과체중(비만 전단계 또는 위험체중), BMI 25~29.9는 1단계 비만, BMI 30~34.9는 2단계 비만, BMI 35 이상은 3단계 비만(고도비만)으로 분류한다.

최근에는 체중뿐만 아니라 허리둘레도 중요하게 여긴다.〈표 1-2〉, 〈표 1-3〉 허리둘레가 증가하면 같은 BMI라 하더라도 비만 관련 동반 질환 위험도가 증가한다. 대한비만학회에서는 남자는 허리둘레 90cm 이상, 여자는 85cm 이상이면 성인 복부 비만으로 분류한다.

표 1-1. 아시아인과 서양인의 BMI에 따른 비만 분류(WHO)

분류	아시아인 BMI(kg/m²)	서양인 BMI(kg/m²)	비만 관련 동반 질환 위험도
저체중	<18.5	<18.5	낮음 (다른 임상 질환 위험도는 높음)
정상	18.5~22.9	18.5~24.9	보통
과체중(비만 전단계)	23~24.9	25~29.9	증가
1단계 비만	25~29.9	30~34.9	중등도
2단계 비만	>30	35~39.9	고도
3단계 비만		>40	매우 고도

표 1-2. 아시아인의 허리둘레와 BMI에 따른 비만 분류(WHO)

분류	BMI(kg/m²)	허리둘레에 따른 비만 관련 동반 질환 위험도	
		남 <90cm (35.4in) 여 <80cm (31.5in)	남 ≥90cm (35.4in) 여 ≥80cm (31.5in)
저체중	<18.5		
정상	18.5~22.9	보통	증가
과체중(비만 전단계)	23~24.9	증가	중등도
1단계 비만	25~29.9	중등도	고도
2단계 비만	>30	고도	매우 고도

표 1-3. 서양인의 허리둘레와 BMI에 따른 비만 분류(WHO)

분류	BMI(kg/m²)	허리둘레에 따른 비만 관련 동반 질환 위험도	
		남 <102cm (40in) 여 <88cm (35in)	남 ≥102cm (40in) 여 ≥88cm (35in)
저체중	<18.5		
정상	18.5~24.9		
과체중(비만 전단계)	25~29.9	증가	중등도
1단계 비만	30~34.9	중등도	고도
2단계 비만	35~39.9	고도	고도
3단계 비만	>40	매우 고도	매우 고도

키와 체중이 같은 사람이 30 이상의 비슷한 BMI 값을 갖는다고 하더라도 어떤 사람은 비만이 되고, 어떤 사람은 비만이 아닐 수도 있다. 체중은 근육량뿐만 아니라 체격과 골밀도도 고려해야 한다. 키와 성별, 나이에 따라 달라지기도 한다. 이런 많은 요소가 BMI에 영향을 주기 때문에 일률적으로 체중이 많이 나간다고 해서 비만이라고 할 수는 없다.

BMI는 현재 비만을 판정하는 일반적인 척도이지만 그 한계가 분명한 불완전한 척도이다. 뱃살이 찐 사람과 근육질의 운동선수를 비교했을 때 BMI는 같아도 지방 비율은 충분히 다를 수 있기 때문이다. 민족 간의 차이가 나기도 한다. 폴리네시아에 사는 사람들은 BMI가 같은 호주 백인보다 비만 정도가 낮은 경향을 보인다. 인도인은 BMI가 같아도 복부 비만인 경우가 많다. 즉, 내장지방이 많은 것이다. 따라서 건강상의 위험성은 훨씬 더 높다. 우리나라 사람들도 같은 BMI의 서양인과 비교했을 때 내장지방이 더 많은 경향을 보인다. 따라서 단순하게 BMI만 비교해서는 안 되며, 일정 기간 동일 민족 안에서 일어나는 BMI의 전반적인 변이를 연구하는 것이 더 유용하다.

한편, 같은 과체중이라고 해도 질병에 대한 위험도는 민족이나 인종에 따라서 달라질 수 있다. 과체중 유병률은 미국과 영국이 한국 등 다른 나라들에 비해 월등하게 높다. 그런데 당뇨병 유병률은 전혀 다른 양상을 보인다. 과체중 유병률이 높은 나라일수록 제2형 당뇨병 환자가 더 많을 것으로 예측할 수 있지만, 미국, 한국, 중국, 싱

비만 권하는 사회에서 살아남기

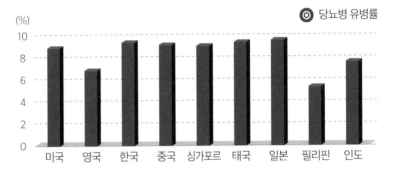

그림 1-5. 국가별 과체중 유병률과 당뇨병 유병률(WHO)

가포르, 태국, 일본의 당뇨병 유병률은 거의 비슷하다. 인도의 과체중 유병률은 영국에 비해 매우 낮지만, 당뇨병 유병률은 비교적 높아 서로 비슷하다.〈그림 1-5〉

비만은
유행성 질환인가?

현대는 모순의 시대로 불리기도 한다. 한쪽에서는 굶어 죽어 가는 사람이 있는가 하면, 다른 쪽에서는 열량 과잉으로 인한 영양소 불균형 때문에 비만이 되는 사람도 있다. '비만은 가난을 먹고 자란다'라는 슬픈 비만의 역설을 마주하기도 한다. 이제 비만은 더 이상 풍요로움의 부작용이 아니라는 것이다. 전 세계적으로 볼 때, 체중 미달인 성인보다 과체중 또는 비만인 성인이 월등히 많아졌다. 기아 인구는 20~30년 전과 비교해 큰 변화가 없지만, 비만한 성인 인구는 엄청나게 늘고 있다.

이렇게 늘어나는 비만 인구는 지구촌에 상당한 사회·경제적 비용을 부담하게 한다. 비만으로 인한 각종 건강 관리 비용, 비만에 대처하는 사회적 비용, 비만 때문에 발생하는 생산력 손실 비용 등은 2022년 기준 연간 무려 3조 달러에 이르렀다. 세계비만연맹(World

비만 권하는 사회에서 살아남기

Obesity Federation, WOF)은 예방 및 치료 조치가 개선되지 않는다면 2035년에는 비만으로 인한 사회·경제적 손실이 연간 4조 달러에 이를 것으로 예측했는데, 이는 전 세계 GDP의 약 3%에 달하는 엄청난 규모다.

👤 비만 유행병(Obesity epidemic)

비만은 정말 전염될 수 있을까? 대표적인 전염성 질환은 중세 유럽을 휩쓸었던 페스트이다. 당시 유럽 인구의 약 3분의 1이 페스트로 사망했다. 1918년 스페인뿐만 아니라 전 세계적으로 유행한 무서운 전염병인 스페인 독감은 5천만 명 이상의 희생자를 낳았다. 이는 제1차 세계대전으로 인한 사망자보다 훨씬 많은 숫자였다. 우리나라도 예외는 아니어서 약 14만 명이 스페인 독감으로 사망했다. 물론 2020년 전 세계를 강타한 코로나바이러스감염증-19(코로나19)도 빼놓을 수 없다. 이런 감염병의 유행을 '에피데믹(epidemic)'이라고 부른다. 에피데믹은 본래 급속한 확산, 성장 혹은 전개를 뜻하는 용어로 감염성 질환, 건강, 질병 등에만 국한해서 쓰는 말은 아니다.

처음으로 비만에 '에피데믹'이라는 용어를 쓴 사람은 캐서린 플레갈(Katherine Flegal)이다. 그녀는 2006년 《역학사전(A Dictionary of Epidemiology)》에서 "obesity epidemic"이란 용어를 사용했다. 즉, 일반적인 예상 이상으로 자주 나타나는 건강 관련 사건을 에피데믹이라고 할 때, 최근 비만 유병률에서 일어난 변화를 보면 실제로 유행성 질환의 특징이 있다는 것이다. 1980년대부터 일어난 비만 유병률의 증가 정도는 이전의 비만 유병률 자료로는 도저히 예상할 수 없는 것이라고 한다. 아무리 봐도 유행성 질환의 양상을 띠고 있다는 해석이다.

이런 경고와 더불어 비만이 전 세계적인 공중 보건을 위협한다고 주장하는 비만 방지(anti-obesity) 운동이 일어나기 시작했다. 매년 11월 26일을 '비만 방지의 날'로 삼아 비만은 건강에 좋지 않고, 비만의 지나친 확산은 우리를 위협하는 아주 위험한 현상이라고 주장한다.

그러나 반대 견해를 가진 사람들도 있다. 《비만 신화(The Obesity Myth)》라는 책을 쓴 폴 캠포스(Paul Campos)가 대표적이다. 캠포스는 비만의 유행이라는 개념은 적절치 않으며, 이는 비만에 대한 우려를 부적절하게 부풀리는 역할을 할 뿐이라고 주장한다. 현대 사회에서 비만의 증가는 그리 극적이지 않고, 또 그로 인한 건강 문제도 심각하지 않다고 말한다. 비만에 대한 부정적인 인식은 사회적 미의 기준에 따라 편견 혹은 차별을 반영할 뿐이지, 실제로 사람들이 이득을 얻는 점은 별로 없을 것이라고 주장한다. 이런 사람들을 일컬어 비만 수용(fat acceptance) 진영이라고 부른다. 미국의 플러스 사이즈 모델인 테스 홀리데이(Tess Holliday)는 이 진영의 유명 인사 중 하나다. 그녀는 #effyourbeautystandards라는 해시태그 캠페인을 시작하여 사람들이 다양한 체형을 포용하도록 장려했다. 비만 수용 진영의 주장은 간단하다. 비만에 대한 지나친 위기의식을 강조하다 보면, 우리가 의도치 않게 어떤 사람들에게 피해를 줄 수 있을 것이라는 말이다. 모든 몸은 생긴 그대로 소중하다는 의미이다.

우리가 체중에 대해 걱정하면 할수록 이득을 보는 그룹들이 있다. 물론 대표적인 그룹은 다이어트 산업이다. 건강식품 관련 산업 역시 마찬가지다. 생의학 연구자, 즉 비만 연구에 종사하는 사람들도 그래야 연구비가 많이 나올 테니 이득을 얻을 가능성이 커진다. 비만 환자가 늘면 수익이 늘어나는 의료계와 사람들이 비만에 대해 걱정하고 살 빼는 약을 많이 찾아야 이득을 보는 제약회사도 포함된다. 의료 산업과 제약 산업의 입장에서 비만은 이윤을 극대화할 수 있는 가장 이상적인 질병이라고 한다. 그 질병에 늘 시달리지만 금방 죽지는 않고, 효과적으로 치료되지도 않고, 의사나 환자나 치료를 위해 꾸준히 달려드는 질병 말이다.

반대로 비만에 대한 우려가 사라져야 이득을 보는 그룹들도 존재한다. 대표적인 것이 패스트푸드 산업이다. 비만의 주범으로 지목받고 있는 패스트푸드 산업은 사람들이 비만에 대해 생각하지 않아야 이득을 본다. 청량음료 산업 역시 마찬가지다.

🧍 비만은 유전되는가?

비만의 역학적 변화는 비교적 단기간에 걸쳐 일어난 변화이다. 이는 전체 인구 집단의 유전적 변화가 일어났음을 의미하는 것은 아니라고 할 수 있다. 같은 조건에서도 비만에 대한 취약성이 다른 것을 보면, 어떤 유전적 요인이 작용할 가능성을 암시하는 것으로 여겨진다.

BMI에는 유전적 요인이 강하게 작용한다고 알려져 있다. 부모가 과체중이면 자식도 과체중일 확률이 높아진다. 확실한 유전적 요인이나 위험도는 아직 명확하지 않지만, 유전자와 환경의 복잡한 상호작용 때문에 비만이 야기될 가능성이 크다고 한다. 부모가 모두 과체중이면 자녀가 과체중일 확률이 80%에 이르고, 부모 중 한쪽이 과체중이면 자녀의 과체중 확률은 40%에 가까웠다. 하지만 부모 모두 정상 체중이면 자녀가 과체중일 확률은 7~9%였다.

1986년 《뉴잉글랜드 저널 오브 메디신(The New England Journal of Medicine)》에 실린 입양아 연구에 따르면, 입양아의 비만도는 양부모보다 친부모의 특성을 따를 가능성이 컸다.〈그림 1-6〉 연구진은 비만의 약 70%는 유전적 요인의 영향을 받는다고 결론을 내렸다.

유전적 요인을 밝히는 데 있어 중요한 연구인 쌍생아 연구에서도 비슷한 결과가 나왔다. 쌍생아는 서로 헤어져 다른 환경에서 성장해도 BMI나 체중 증가 등에서 유사성을 나타냈다. 비만에 유전적 요인이 크게 작용함을 암시하는 결과라고 할 수 있다.

특정 유전자의 이상으로 식욕에 이상이 생길 수도 있다. 배고픔과 포만감을 느끼는 정도를 결정하는 MC4R은 시상하부에 있는 유전자이다. 만약 이 유전자에 변이(개인 간에 나타나는 DNA의 차이)가 생기면

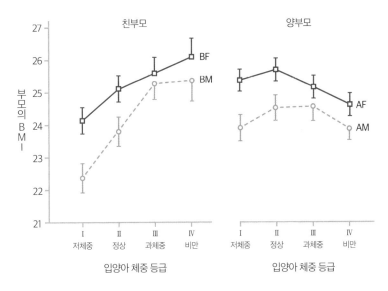

그림 1-6. 입양아의 비만도에 관한 연구

식욕 조절에 문제가 생긴다. 포만감을 잘 느끼지 못해 식욕은 억제되지 않고 엄청난 비만이 된다.

만약 늘 배가 고프고 남들보다 살 빼기가 유난히 어렵다면, 혹시 FTO 유전자에 변이는 없는지 의심해 볼 수도 있다. FTO 유전자에 변이가 생기면 식욕이 증가한다. 특히 고지방 음식에 대한 선호도가 높아진다. 아울러 포만감을 덜 느껴 먹는 양이 늘어나고 살이 찔 위험이 커진다. FTO 유전자의 변이는 백인의 60% 이상에서 관찰될 만큼 흔하다고 알려져 있다.

👤 유전자를 이기는 생활 습관

쉽게 살이 찌는 유전자를 가지고 있더라도 모두 비만이 되는 건 아니다. 생활 방식에 따라 비만 유전자가 발현되어 뚱뚱해질 수도 있고 그렇지 않을 수도 있다. 그 대표적인 예가 피마(Pima) 인디언이다. 미국 애리조나주와 멕시코 사이 사막 지역에서 고립되어 살던 피마 인디언은 자연이 제공하는 건강한 식사를 즐기면서 날렵한 몸과 건강을 자랑한 부족이었다. 그들은 조상들이 살아온 대로 수렵, 채집을 하고 농사를 지으며 살고 있었다.

19세기 중반 피마 인디언을 발견한 미국 정부는 그들을 애리조나주의 보호 구역으로 이주하게 했다. 그렇게 전통 방식을 버리고 정부 보조금에 의지하게 되면서 그들의 생활 방식이 크게 변화했다. 활동량은 현저히 줄어들었고 정제된 밀가루, 설탕, 값싼 지방 등이 첨가된 가공식품을 주로 먹게 되었다.

그 결과, 피마 인디언은 세계에서 가장 높은 비만율(남자 64%, 여자 75%)과 당뇨병 발생률(남자 34%, 여자 41%)을 보이는 부족이 되고 말았다. 피마 인디언이 비만과 당뇨병에 취약했던 이유는 오랜 시간 사막 지역에서 살아오면서 에너지를 저장하는 능력이 발달해 있었기 때문이다. 그들의 식단이 고지방, 고열량 음식 위주로 바뀌자, 영양 과잉으로 살이 찌면서 당뇨병에 걸리게 된 것이었다.

하지만 이주하지 않고 멕시코에 남아 전통 방식을 지키며 살았던 피마 인디언에게는 이런 변화가 일어나지 않았다. 다시 말해, 똑같이 비만이 되기 쉬운 유전자를 가지고 있는데도 생활 방식에 따라 다른 양상이 나타났다는 것이다. 즉, 유전보다는 환경 변화가 비만을 일으키는 요인으로 더 크게 작용한다는 말이다.

유전자에 비만을 유발하는 변이가 있다고 해서 무조건 비만이 되지는 않는다. 건강한 생활 습관을 갖는다면 유전적으로 살이 찌기 쉬운 사람도 비만 유전자가 발현되는 것을 막아 날씬하게 살 수 있다. 유전자 변이 여부와 관계없이 체중 감량 효과는 비슷하다고 알려져 있다. 미국의 한 연구진은 비만 유전자의 존재보다 매일 반복하는 생활 습관이 몸무게에 더 큰 영향을 미친다고 발표하기도 했다.

👤 약간 살찐 사람이 더 오래 산다?

비만의 기준, 그리고 비만과 건강의 관계에 대해서는 늘 논란의 여지가 있다. 과체중인 사람이 정상 체중인 사람보다 오히려 사망률이 더 낮다는 연구 결과도 있으니 말이다.

2013년 캐서린 플레갈 등이 《미국의학협회저널(The Journal of the American Medical Association)》에 발표한 연구에서는 전 세계 300만 명 이상의 성인을 대상으로 한 97건의 연구를 분석했다. 그 결과, 과체중 범주(BMI 25~29.9)에 속하는 사람들의 사망률이 정상 체중(BMI 18.5~24.9) 범주에 속하는 사람들의 사망률보다 더 낮게 나타났다. 하지만 비만(BMI 30 이상)한 사람들의 사망률은 더 높았다. 아시아인을 대상으로 한 연구에서도 BMI 22.8~27.5 범주의 사람들이 가장 낮은 사망률을 보였다. 우리나라 연구진도 적당히 뚱뚱한 사람(BMI 25~27.4)이 사망 위험이 가장 낮다는 결과를 내놓은 바 있다.

물론 이런 연구는 사망률만을 본 것이고, 삶의 질에 관한 연구는 아니었다. 체중이 늘면 삶의 질에 부정적인 영향을 미치는 요인 역시 증가한다. 따라서 일부러 체중을 증가시킬 필요는 없겠지만, 과체중 혹은 비만한 사람들도 양질의 식단과 적절한 운동을 통해 건강한 삶을 유지하면서 오래 살 수 있다고 한다.

몸의 사회화

"내 몸은 내 것일까, 아니면 사회의 것일까?"

뚱딴지같은 질문일지도 모르겠다. 21세기에는 자본주의와 대중매체가 발전함에 따라 인간이 자기 몸을 사회적 잣대에 맞추어 변화시킬 수밖에 없는 현상이 심화하고 있다. 이제 몸은 더는 내 것이 아닌 사회의 것으로 바뀌게 됐다. 이를 '몸의 사회화' 현상이라고 부른다.

사실 건강에 아주 치명적인 영향을 끼치는 고도 비만이 아닌 이상, 조금 뚱뚱하다는 것은 외모의 특징일 뿐이다. 그러나 우리 사회에는 그런 사회적 잣대에 맞춰 모든 비만을 질병처럼 죄악시하는 분위기가 팽배해 있다. 결국 날씬하고 마른 사람만 미인으로 대접받는 사회적 풍토 속에서 심리적으로 위축된 사람들이 끊임없이 다이어트를 시도하는 악순환에 빠지는 경우를 흔히 볼 수 있다.

"Nobody is perfect."란 말이 있다. 완벽한 사람은 없다는 말이다. 누구나 다 결점을 갖고 있다. 여기서 'No'와 'body'를 띄어 쓰면, "No body is perfect."가 된다. 즉, 그 누구의 몸도 완벽한 몸은 없다.

👤 비만의 소셜 네트워크

비만에도 소셜 네트워크가 있을까? 원래 의사였던 니컬러스 크리스타키스(Nicholas Christakis)는 인간의 사회적 연결망, 즉 소셜 네트워크가 건강에 영향을 미친다는 것을 깨닫고 사회학자의 길로 들어섰다. 그가 2009년 《뉴잉글랜드 저널 오브 메디신》에 발표한 연구 결과에 따르면, 만약 '당신의 친구'가 비만해지면 향후 2~4년간 당신의 체중이 늘 가능성이 45% 높아진다고 한다. '당신의 친구의 친구의 친구'가 비만해지면 당신의 체중이 증가할 확률은 우연히 체중이 늘 확률보다 여전히 10% 더 높다고 한다.

놀랍지 않은가? 누군지도 모르는 내 친구의 친구의 친구가 나의 비만에 영향을 미칠 수도 있다는 것이다. '끼리끼리'라는 말이 생각난다. 사회적 거리가 지리적 거리보다 훨씬 더 가깝다는 뜻이다. 이렇게 보이지 않는 소셜 네트워크의 힘은 비만이나 흡연 같은 사회적 행동에 큰 영향을 미칠 수 있다.

👤 비만과 세균

우리 몸에는 약 100조 개의 세균이 있다. 우리 몸의 세포 수보다 많다. 주객이 전도된 셈이다. 그 무게는 무려 2kg에 달한다. 그런데 비만의 전염 여부에 세균이 관여한다는 주장이 있다. 연구에 따르면 장내 세균 일부는 공기를 통해 다른 사람에게 옮겨 갈 수도 있다고 한다. 이 세균들은 공기 중에서도 생존할 수 있고, 이를 다른 사람이 흡입하면 장내 세균의 조성이 바뀔 수 있다는 말이다.

실제로 비만한 쥐에서 얻은 장내 세균을 날씬한 쥐에게 주입했더니 마른 쥐의 체중이 늘었고 특히 체지방이 크게 증가했다는 연구 결과도 발표되었다. 물만 마셔도 살이 찌는 체질과 아무리 먹어도 살이 안 찌는 체질이 있다는 말이 어쩌면 신빙성이 있는지도 모를 일이다.

2006년 과학 잡지 《네이처(Nature)》에는 비만 관련 장내 세균이 보고되기도 했다. 장내에 존재하는 유해균과 유익균의 비율이 우리 몸의 건강 상태에 큰 영향을 미친다는 보고가 많다. 비만뿐만 아니라 염증성 장질환, 자가면역질환, 불안, 우울증, 자폐증 등도 장내 유해균과 유익균의 불균형, 즉 디스바이오시스(dysbiosis)와 관련이 깊다는 연구 결과도 발표되고 있다.

전 세계를 휩쓴
비만의 물결

　　그야말로 현대 사회의 비만은 세계적인 유행병이 된 듯하다. 전 세계적인 비만의 확산을 일컫는 용어로 'globe(세계)'와 'obesity(비만)'를 합성한 'globesity'라는 신조어가 생겼을 정도이다. 한마디로 비만은 이제 전 지구적 문제라는 얘기다.

　　비만 문제가 심각한 미국에서 벌어진 황당한 일화를 살펴보자. 디즈니랜드에는 1966년에 개장한 '작은 세상(It's a small world)'이라는 놀이기구가 있다. 작은 배를 타고 세계 각국의 전통 의상을 입은 인형들을 만나는 놀이기구로, 인형들이 손도 흔들어 준다. 그런데 나날이 배가 가라앉는 것이었다. 배를 탄 사람들이 표류하는 일까지 생기는 등 문제가 끊이지 않자 대대적인 보수 공사에 들어갔다. 겉으로 내세운 원인은 시설이 낡았다는 것이었지만, 실은 사람들의 체중이 점차 증가해서 배가 가라앉는 일이 발생한 것이라 한다.

👤 세계 최고의 비만 대국, 미국

미국은 세계 최고의 비만 대국이자 비만의 원조 국가로 불린다. 미국인의 평균 몸무게는 반세기 만에 남녀 모두 약 20% 정도 늘었다. 미국 질병통제예방센터(CDC)에 따르면, 2010년 기준 미국 여성의 평균 몸무게(75.4kg)는 50년 전인 1960년의 평균 몸무게(63.5kg)보다 18.5% 늘었다. 남성의 평균 몸무게도 75.3kg에서 89kg으로 늘었다. 2010년 여성의 평균 몸무게가 1960년 남성의 평균 몸무게와 같아졌다는 말이다.

미국 국민건강영양조사(National Health And Nutrition Examination Survey, NHANES)에서 나타난 20~74세 성인의 비만율 변화를 살펴보자.〈그림 1-7〉 BMI 30 이상인 비만 인구 비율은 1960~1962년 10.7%에서 1976~1980년 12.7%로 증가하여 2% 늘었다. 그런데 1980년이 지나면서 그 증가세가 두드러졌다. 1999~2000년의 비만율은 27.7%까지 증가해 1980년보다 15% 증가했다. 20년이라는 같은 기간 동안 증가율이 2%에서 15%로 늘어난 것이다. 2000년 이후에도 그 증가세는 전혀 꺾이지 않아서, 2017~2018년의 비만율은 42.4%에 해당했고, 2019~2020년에도 여전히 42%의 비만율을 나타냈다. 즉, 미국 성인 인구 2명 중 1명 가까이는 비만이라는 말이다. 만약 이런 추세가 지속된다면 2030년에는 미국 성인 인구의 50%가 비만이 될 거라는 예측이 있을 정도다.

더 큰 문제가 되는 것은 병적 비만, 즉 BMI 40 이상의 초고도 비

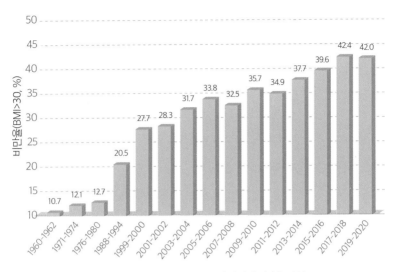

그림 1-7. 미국 국민건강영양조사에서 나타난 20~74세 성인의 비만율 변화

만 비율이 특히 급증하고 있다는 것이다. 그 비율은 상대적으로 낮아 보이지만, 증가세가 굉장히 가파르다. 1976~1980년 1.4%에서 2020년에는 9.2%로 7배 가까이 증가했다. 전체적인 비만율의 증가세보다 더 급격히 증가하고 있음을 알 수 있다. 남성보다 여성의 초고도 비만 비율이 훨씬 높았다(남성 6.9%, 여성 11.5%). 더 우울한 사실은 소아·청소년의 비만율이 성인 비만율보다 더 많이 증가했다는 사실이다.

급격한 비만율 증가는 보건 관련 정부 관료들을 긴장시켰다. 오죽하면 미국의 공중보건위생국장 리처드 카모나(Richard Carmona)는 2006년에 "비만 문제를 어떻게든 해결하지 않으면 조만간 9·11 테러를 비롯한 다른 어떤 테러 공격도 비만 앞에서는 아무것도 아닌 것이 될지 모른다."라고 얘기했을까. 이처럼 비만은 미국에서 큰 사회적 문제가 되고 있다.

🧍 선진국의 급속한 비만 증가

비만의 전 세계적인 유행에 있어서 1980년대는 매우 중요한 시기이다. 이 시기에 미국뿐만 아니라 다른 선진국에서도 비만 인구가 급증했다. 그 배경을 간략히 살펴보자.

1969년부터 1974년까지 재임한 미국 대통령 리처드 닉슨은 식품 가격의 폭등을 막고자 싼 가격에 대량의 열량을 공급하는 정책을 채택했다. 이를 위해 대량 재배가 가능한 옥수수, 콩, 밀 등의 재배를 장려하게 되었다. 이로써 식품 가격은 내려갔지만, 음식 섭취량은 이때부터 꾸준히 증가하기 시작했다. 아울러 이 시기에 저지방 식사가 권장되기 시작했다.

1981년에 취임한 로널드 레이건 대통령은 규제를 완화하고 부유층에 대한 감세, 작은 정부를 지향했다. 이때 학교 급식에 대한 보조금이 많이 삭감돼 학교 급식의 질이 매우 떨어지는 양상을 보였다. 이 무렵부터 특히 아동 비만율이 급상승하기 시작했다.

유럽의 비만율은 미국만큼 심각한 양상은 아니었지만, 최근 유럽도 미국을 비난하지 못할 지경에 이르렀다. 미국의 뒤를 이어 영국의 비만율도 1980년대 말부터 2배 이상 급증했다. 특히 과체중 인구의 비율이 매우 높아졌다. 영국에서도 1980년대에 미국 레이건 대통령과 성향이 비슷한 마거릿 대처 총리가 규제를 완화하고 작은 정부를 지향하는 정책을 폈다.

2021년 기준 유럽 대부분의 국가에서 과체중 및 비만 인구가 50%를 넘어섰다. 그중 루마니아, 크로아티아, 영국, 핀란드는 국민의 60%가 넘는 사람들이 BMI 25 이상으로 나타났다.

심지어 날씬한 사람이 매우 많다고 알려진 나라인 프랑스도 최근에는 젊은 층을 중심으로 비만 인구가 눈에 띄게 증가하고 있다. 2020년 조사 결과, 프랑스 성인의 47.3%가 과체중 및 비만 범주에 속했다. 특히 젊은 층(18-24세)의 비만율은 1997년과 비교하여 4배 이상 증가했다.

우리나라는 어떨까? 대한비만학회에서 비만을 판정하는 기준인 BMI 25 이상인 인구의 변화를 살펴보자. 1992년도 국민영양조사에 따르면 남성의 19%, 여성의 20% 정도가 BMI 25 이상이었다. 우리나라의 비만율은 1990년대 중반부터 증가하기 시작하였고, 여성보다 남성의 비만율 증가 추세가 훨씬 높았다. 2009년에서 2021년까지 전체적인 비만율은 29.7%에서 38.4%로 증가하였다. 여성의 비만율(2009년 23.9%, 2021년 27.8%)은 별로 늘지 않았지만, 남성의 비만율(2009년 35.6%, 2021년 49.2%)은 크게 늘었다. 복부 비만 유병률도 지속적인 증가세(2012년 19.2%, 2021년 24.5%)를 보였으며, 특히 남성의 복부 비만은 2012년 21.4%에서 2021년 31%로 늘어 1.5배 증가했다. 한편,

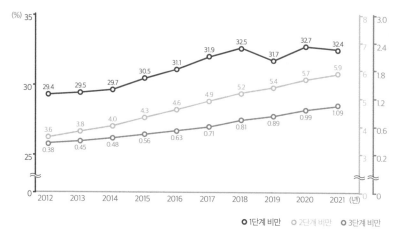

그림 1-8. 2012~2021년 우리나라 성인의 비만 단계별 유병률
(출처: 대한비만학회 <2023 비만 팩트시트>)

국제 기준에 따른 우리나라의 비만 유병률(BMI 30 이상)은 서구 선진
국들에 비해 매우 낮은 남성 8.3%, 여성 5.7%에 불과했다.

2012년에서 2021년까지 10년간 우리나라 성인의 비만 단계별 유
병률을 보면 1단계, 2단계, 3단계 비만 유병률 모두 증가하였고, 특히
고도 비만일수록 그 증가세가 더 급격하게 나타났다.〈그림 1-8〉 증가 추
세는 3단계 비만(BMI 35 이상)이 2단계 비만(BMI 30 이상)보다 더 가파
르고, 2단계 비만이 1단계 비만(BMI 25 이상)보다 더 가파르다. 2021년
남성과 여성의 3단계 비만 유병률은 2012년에 비해 각각 약 3.5배,
2.3배로 많이 증가했다. 특히 남녀 모두 젊은 층(20대와 30대)에서 3단
계 비만 유병률의 증가 정도가 가장 높았다.

🧍 비만율 증가, 개발도상국도 예외는 아니다

　개발도상국에서도 비만율이 증가하고 있다. 선진국보다 그 시점은 늦지만 역시 1980년에 비해 2008년의 비만 인구는 약 3.6배 정도 증가하여, 그 증가 추세가 더 가파름을 알 수 있다. 1980년에는 선진국의 비만 인구가 개발도상국보다 1.3배 더 많았지만, 2008년에는 개발도상국의 비만 인구가 선진국보다 1.6배 더 많아졌다.

　대표적인 나라가 멕시코이다. 멕시코의 과체중 및 비만 인구 비율은 미국보다도 더 높은 74.1%에 달했다. 멕시코는 미국 바로 밑에 있어서 미국의 영향을 많이 받는다. 식수 사정이 좋지 않은 멕시코는 청량음료를 소비하는 경향이 매우 높은 나라이다. 지나친 청량음료 섭취가 비만율 증가에 큰 역할을 한 것으로 여겨진다.

　남미의 브라질도 마찬가지로 최근 비만 인구가 급증하고 있다. 원래 브라질의 가장 시급한 문제는 기아 해방이었다. 2003년에 취임한 루이스 이나시우 룰라 다 시우바 대통령은 빈곤 방지, 기아 추방을 기치로 여러 정책을 펼쳤다. 그러나 이제 브라질의 비만율은 꾸준히 증가하여 2023년 24.3%에 달했다. 과체중 유병률은 61%가 넘는다.

　인도 역시 대도시를 중심으로 비만율이 증가하고 있다. 2016년 남자 18.9%, 여자 20.6%였던 비만율은 2021년에 남자 22.9%, 여자 24%로 증가했다. 내장지방의 비율이 특히 높다고 알려진 인도인들은 과체중 유병률에 비해 높은 제2형 당뇨병 유병률을 보인다.

중국도 마찬가지다. 성인 인구의 50% 이상이 과체중 및 비만에 속하는 중국은 인구가 많으므로 비만 인구수로 치자면 전 세계에서 가장 많다고 한다. 중국 인구 14억 명 가운데 6억 명 이상이 과체중 및 비만에 속하는 것으로 추정된다. 비만 인구가 늘면 제2형 당뇨병이 급증한다. 중국 인구의 약 11% 정도에서 당뇨병이 발견되고, 36% 정도는 당뇨병 전단계라는 통계도 있다. 당뇨병 발생률은 BMI와 밀접한 관련이 있다. BMI가 낮을수록 당뇨병 발생률이 낮고, BMI가 증가하면 당뇨병 발생률도 증가한다. 비만 치료를 위한 의료비는 나날이 늘어나 2030년이면 의료비의 22%가 비만 치료에 들어갈 것으로 예측될 정도이다.

　인구수와 상관없이 비만율이 높은 나라는 아메리칸사모아, 나우루, 쿡 제도, 토켈라우 제도, 통가 같은 곳이다. 아메리칸사모아의 성인 남자 비만율은 70.3%, 통가의 성인 여자 비만율은 81.5%에 달한다고 한다. 주로 가난한 섬나라들인데, 왜 이렇게 비만율이 높을까? 이런 나라에서 급증하는 비만은 선진국에서 증가하는 비만의 양상과 전혀 다르다. 그들의 식생활은 단기간에 급격한 변화를 거쳤다. 섬나라 사람들은 고립된 지역에서 자신들만의 생활 방식을 지켜 오다가 갑자기 서구 문물에 개방되었다. 미처 적응할 시간도 없이 서구식 식사, 즉 패스트푸드나 가공식품의 공격에 노출된 것이다.

🧍 날로 심각해지는 소아 비만

사실 성인의 비만율 증가보다 소아 비만율 증가가 더 심각한 문제이다. 1990년부터 2022년까지 성인 비만율은 2배 정도 증가했지만, 어린이와 청소년의 비만율은 무려 4배 이상 증가했다. 전 세계 어린이 5명 중 1명꼴로 과체중이거나 비만인 셈이다. WHO에 따르면 2022년 현재 5세 이하 과체중 및 비만 인구는 약 3,700만 명에 달하고, 5~19세 과체중 및 비만 인구는 약 5억 5,000만 명이라고 한다.

우리나라에서도 소아·청소년의 비만율이 급증하고 있다. 소아·청소년의 비만 판정 기준은 성인과 약간 다르다. 일반적으로 우리나라에서는 2017년 소아·청소년 성장 도표를 기준으로 성별, 연령별 BMI 백분위수를 사용하는데, BMI 85~94 백분위수(6~15%)는 과체중으로, 95 백분위수(5% 이내) 이상은 비만으로 진단한다.

대한비만학회가 발간한 〈2023 비만 팩트시트〉에 따르면, 우리나라 소아·청소년 비만 유병률은 19.3%로, 5명 중 1명이 비만인 것으로 나타났다. 성별로는 남아의 증가율(2012년 10.4%에서 2021년 25.9%로 2.5배 증가)이 여아의 증가율(2012년 8.8%에서 2021년 12.3%로 1.4배 증가)보다 높았다. 소아·청소년도 성인과 비슷하게 경도 비만보다는 중등도 비만, 중등도 비만보다는 고도 비만이 더 큰 폭으로 증가했다. 한편 소아·청소년의 복부 비만 유병률도 최근 10년간 계속해서 증가했다.

소아 비만이 위험한 이유는 성인 비만으로 이행할 확률이 높기 때문이다. 흔히 알려진 속설 중 '어릴 때 찐 살은 커서 키로 간다'라는 말이 있다. 그러나 국내 및 해외에서 발표된 연구들에 따르면 그 말은 근거가 없는 것으로 밝혀졌다. 어릴 때 비만하면 초기에는 성장이 빨라도, 성호르몬의 변화로 인해 성장판이 빨리 닫혀 키가 덜 자랄 가능성이 더 크다. 어릴 때 비만한 어린이는 나이가 들어서도 비만하고, 나이가 들수록 정상 체중에서 멀어지는 경향이 있다. 실제로 2018년 독일 연구진이 0~18세 어린이 5만 1,505명의 BMI를 추적 조사해 《뉴잉글랜드 저널 오브 메디신》에 발표한 논문에 따르면, 3세 때 비만했던 어린이의 90%는 청소년 시기에도 과체중 또는 비만이었다. 아울러 비만 청소년(15~18세)의 53%는 5세 때부터 과체중 또는 비만이었던 것으로 나타났다. 연구진은 2~6세 때의 비만은 청소년과 성인 비만으로 이어질 가능성이 높은 만큼, 건강에 있어 중요한 시기라고 밝혔다.

소아 비만의 또 다른 문제는 사춘기를 앞당긴다는 것이다. 우리나라에서는 여자아이들의 초경이 빨라지는 등 성조숙증이 굉장히 많이 증가하고 있다. 그 증가 추세는 외국과 비교해도 유례를 찾기 힘들 정도로 상당히 급격한 편이다. 이런 현상의 원인은 아직 확실하지 않지만, 비만의 증가와 상관관계가 높지 않을까 추측하고 있다.

👶 비만은 가난을 먹고 자란다

비만은 이제 부자의 전유물이 아니다. 개발도상국이나 신흥 산업

국가에서 생활 수준이 향상됨에 따라 처음에는 부자가, 나중에는 가난한 사람이 비만이 된다. 왜 가난할수록 비만율이 높아질까? 식단을 다양화하려면 많은 돈이 들어가기 때문이다. 가난한 가정에서는 에너지를 공급하는 게 우선이기에 에너지가 높고 값이 싼 설탕, 전분, 기름과 가공식품을 구매할 수밖에 없다. 이런 식사는 포만감을 줄 뿐 영양 공급은 충분치 않다. 《강요된 비만》에서는 "비만은 굶주림을 해결하는 과정에서 생겨난 이 세상의 또 다른 질병"이라고 강조한다.

미국의 비만율을 인종별로 분석해 보면 히스패닉(45.6%), 백인(41.4%), 아시아인(16.1%)보다 흑인(49.9%)의 비율이 높은 것을 볼 수 있는데, 특히 흑인 여성(57.9%)의 비만율은 매우 높은 수치를 보인다. 미국의 주 중에서 웨스트버지니아, 루이지애나, 오클라호마, 미시시피, 테네시, 앨라배마 등에서 비만율이 높게 나타난다. 이는 주로 남부에 있는 주들로, 다른 지역과 비교해 빈곤율이 높다고 알려져 있다.

빈부 격차가 커질수록 비만해지는 것은 우리나라에서도 마찬가지다. 소득 수준별로 비만율의 차이가 있었는데, 상위 소득 수준 그룹과 하위 소득 수준 그룹 간의 BMI 차이는 2020년 7.1에 달했다. 이런 현상은 성인에게서만 나타나는 것이 아니었다. 부모의 학력이 낮거나 가구 소득이 적은 가정의 청소년들은 그렇지 않은 가정의 청소년들보다 비만 유병률이 더 빠르게 증가했다. "비만은 가난을 먹고 자란다."라는 슬픈 비만의 역설이다.

PART 2

환경의 지배를 받는
우리의 몸

내가 쉽게 살찌는 게
조상 탓이라고?

이번에는 현대인이 쉽게 살찌는 이유를 진화적 관점에서 살펴보자. 전 세계의 과체중 및 비만 인구는 1980년대 이후 급격히 증가했다. 이제 40여 년밖에 되지 않았다. 전체적인 진화의 시간에서 보자면 눈 깜빡할 정도도 안 된다. 이 짧은 시간 동안 우리 유전자가 변하진 않았을 것이다.

진화생물학에서는 "비만은 일종의 진화적 적응이자 그 적응의 오작동이다."라고 이야기한다. 선조들에게 물려받은 우리 몸은 거의 변하지 않았지만, 우리가 사는 환경은 급격하게 변했다. 즉, 우리 몸과 현대 사회의 환경은 서로 일치하지 않는다. 이를 '불일치 패러다임(mismatch paradigm)'이라고 하는데, 이는 현대 사회에 만연한 비만을 설명하는 진화적 가설 중 하나이다.

👥 커진 뇌와 비싼 조직 가설

인간과 침팬지의 차이점 중 대표적인 것은 뇌 용적의 차이다. 침팬지의 뇌 용적은 300~400cc 정도밖에 되지 않지만, 인간의 뇌 용적은 1,400~1,500cc 정도로 상당한 차이를 보인다. 인류는 진화를 거듭하면서 뇌 용적이 증가해 왔다. 체중 대비 뇌의 크기, 즉 상대적인 뇌 크기를 나타내는 수치인 대뇌화지수(encephalization quotient, EQ)를 살펴봐도 호모 사피엔스는 다른 포유류에 비해 상당히 큰 값을 갖는다.

제1차 세계대전 중이었던 1916년에서 1917년 사이의 겨울에 독일인들은 영국의 해상 봉쇄와 때마침 겹친 흉년 때문에 굶주림에 시달리게 되었다. 식량이 매우 부족해 순무로 연명할 수밖에 없었던 수많은 사람이 굶어 죽었다. 밀려드는 아사자들을 관찰하고 연구하던 예나 프리드리히-실러 대학교 병리학 연구소의 마리 크리거는 〈기아성 쇠약 상태에서 인체 장기들의 위축에 대하여〉라는 논문을 발표했다. 굶주림이나 단식으로 몸무게가 줄면 지방뿐만 아니라 내부 장기도 줄어드는지 조사한 결과, 쇠약한 시신의 내부 장기는 대부분 40% 가까이 크기가 감소했지만, 예외적으로 뇌의 크기는 겨우 2%만 감소한 것을 발견했다. 이 현상은 거식증 환자에게서도 발견된다. 그만큼 뇌가 특별한 조직임을 가리키는 것이다. 뇌는 예상하는 것보다 훨씬 더 많은 양의 에너지를 사용하는 것으로 알려져 있다. 그래서 뇌를 '비싼 조직' 혹은 '에너지의 블랙홀'이라고 부른다.

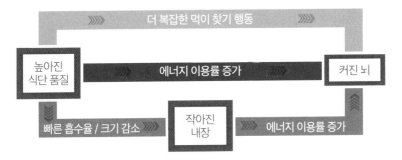

그림 2-1. 비싼 조직 가설

크기는 커지고 에너지를 많이 쓰는 비싼 조직인 뇌를 유지하기 위한 진화적 변화는 무엇일까? 레슬리 아이엘로(Leslie Aiello)와 피터 휠러(Peter Wheeler)는 1995년 《현대인류학 저널》에 발표한 〈비싼 조직 가설(The expensive tissue hypothesis)〉이라는 논문에서 "뇌 크기가 증가한 것은 인류의 식단 품질이 높아짐으로써 가능했다."라고 주장했다.〈그림 2-1〉

인류는 소화하기 쉬운 에너지 밀도가 높은 음식을 섭취하게 되면서 내장 크기가 작아지게 되었다. 대표적인 음식이 바로 육식이다. 음식을 익혀 먹으면 더욱더 효율이 높아진다. 육식과 요리의 도입을 통해 식단 품질이 높아졌고, 그 결과 내장은 일을 덜 하고 에너지를 덜 쓸 수 있었다. 내장이 에너지를 덜 쓰면서 뇌가 에너지를 더 많이 쓰는 변화가 가능했다는 얘기다. 커진 뇌, 즉 발전된 지능으로 더 높은 품질의 식단을 획득할 가능성이 더 커졌다.

🧍 요리로 진화한 인류

인간은 음식을 날것으로 먹는 경우는 별로 없고, 대부분 요리를 해서 음식을 섭취한다. 인간은 음식을 요리해서 먹는 유일한 동물이다. 그래서 인간을 '요리하는 인간', 호모 코쿠엔스(Homo coquens)라고 한다. 만약 인간이 요리를 하지 않았다면 여전히 침팬지처럼 살고 있었을지도 모른다. 요리는 인간을 정의하는 활동이며, 동물과 인간의 차이를 입증하는 매우 상징적인 활동이다.

요리는 일종의 체외 소화 과정이라고 할 수 있다. 즉, 음식을 부드럽고 소화하기 쉽게 변환해 준다. 날것으로 먹는 것에 비해 에너지를 절약해 주는 효과가 매우 탁월하다. 아울러 감염성 질환을 차단하는 효과도 있어서 생존에 더 유리하게 해 준다. 요리 덕분에 인간의 삶에 혁명적 변화가 생겼다. 사람들은 불을 피우고 둘러앉아 음식이 익기를 기다리며 인내심을 배웠고, 서로 이야기하고 음식을 나눠 먹으면서 사회적인 동물로 발달했다.

하버드대학교 인류학과 교수 리처드 랭엄(Richard Wrangham)은 인류 역사에서 가장 중요하고 위대한 발명은 도구도, 언어도, 농경도, 문명도 아닌 요리이며, 요리는 인류 진화의 원동력이라고 주장했을 정도다. 그는 최초로 불을 이용한 인류인 호모 에렉투스(Homo erectus)가 인류 최초의 요리사라고 말한다. 불을 제어하게 되고 요리를 발명함으로써 인류 진화의 새로운 전기가 마련됐다는 것이다. 그의 저서 《요리 본능(Catching Fire: How Cooking Made Us Human)》에는 불,

요리 그리고 진화의 관계가 잘 서술되어 있다.

이렇게 인간은 요리를 하면서 비로소 진정한 인간이 될 수 있었다. 하지만 요즘은 누가 요리를 하나? 바로 식품 산업이다. 2003년 하버드대학교 경제학과 교수 데이비드 커틀러(David Cutler)는 왜 미국인이 전보다 더 뚱뚱해졌는지 분석하다 요리에 주목했다. 그는 지난 수십 년간 미국의 비만율 증가는 외식의 증가와 아주 밀접한 관련이 있음을 발견했다.

🧍 항상성과 알로스타시스

지구상의 모든 생물은 생존력을 극대화하기 위해 두 가지 요소가 필요한데, 그 첫 번째는 항상성(homeostasis) 유지이다. 항상성은 내부 환경을 최적화된 상태로 일정하게 유지하는 노력을 말하는 것으로, 변화에 저항함으로써 생존력을 달성하는 과정이다. 체온 조절이나 혈당 조절이 대표적인 예이다. 그렇다면 우리 몸의 지방조직도 항상성을 유지하고 있을까? 이는 곧 체중 항상성이라고도 할 수 있다. 체중 항상성 이론에 따르면 비만은 지방을 일정하게 유지해 주는 기전의 실패, 즉 신체 총에너지 항상성 유지의 실패로 간주한다.

그런데 체중은 일정하게 유지되는 것이 생존에 더 유리할까? 체중 변화에 저항하는 것이 우리가 살아가는 데 도움이 될까? 동물에게서는 환경 변화에 따른 체중 변동을 흔히 관찰할 수 있다. 야생동

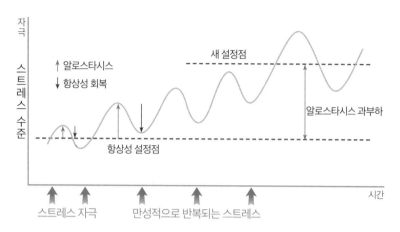

그림 2-2. 항상성과 알로스타시스, 알로스타시스 과부하

물은 대부분 환경 변화에 적응하기 위해 자기 체중을 끊임없이 변화시키는데, 이는 특히 지방량의 변화를 통해 나타난다. 대표적인 예가 동면하는 곰이다. 이를 알로스타시스(allostasis)라고 칭한다. 이는 변화를 통해 생존력을 달성하는 생체 적응 과정이다. 알로스타시스란 자신의 생리 상태를 주변 상황에 맞춰 조절하는 현상이며, 스트레스에 대한 적응 현상이라고 할 수 있다. 항상성보다 더 동적이며 적응에 중점을 두는 과정으로 여겨진다.〈그림 2-2〉

특히 스트레스에 대한 반응으로 지방을 축적하는 것은 대표적인 알로스타시스 반응이다. 이는 적절하게 작동된다면 생존에 매우 유리하다. 그러나 이 반응이 어느 한계를 지나면(이를 '알로스타시스 과부하'라고 한다), 즉 너무 많은 지방이 체내에 축적되면 지방으로 인한 유

해 작용이 발생하게 된다. 과도한 지방조직으로 인한 신진대사의 불균형은 비만 관련 병리 현상을 유발한다. 비만과 관련된 알로스타시스 과부하는 염증 지표의 상승이나 호르몬 불균형 등을 들 수 있다.

급격하게 달라진 먹거리 환경

인류는 오랜 세월 동안 지구상에 살아오면서 대부분을 수렵·채집인으로 먹을거리를 구하며 살았다. 세대수로 비교해 보자면 무려 15만 세대에 해당한다. 인류가 농사를 짓기 시작한 것은 약 1만 년 전으로, 농경민은 500세대 정도 된다. 그런데 지금은 먹을거리를 구하러 마트로 간다. 하이에나나 멧돼지가 덤벼들 염려가 없는 마트에서 안전하게 음식을 구할 수 있다. 하지만 그마저도 귀찮으면 우리는 패스트푸드 레스토랑에 간다. 즉, 현대인은 가공식품을 주로 먹게 되었으며 이는 겨우 2세대밖에 되지 않는다. 15만 세대, 500세대, 그리고 2세대. 엄청난 차이다. 우리 몸은 이러한 변화에 적응할 시간이 거의 없었다고 해도 무방할 정도다.

선조들과 현대인의 먹거리 환경을 비교해 보자. 첫째로, 선조들이 구할 수 있는 음식의 양은 충분하지만 넘치지는 않았다. 그러나 현대에는 언제든지 구할 수 있는 음식이 지천으로 널려 있다. 둘째로, 옛날에는 식재료를 구하는 데 있어 계절을 많이 탔고, 가끔은 음식을 구하기 힘든 시기도 있었을 것이다. 그러나 지금은 거의 모든 음식을 사시사철 구할 수 있다. 셋째로, 옛날에는 고열량 음식이 상당히 드물었지만, 지금은 너무도 흔하게 볼 수 있다. 넷째로, 음식을 구하는 데 필요한 에너지와 시간 소비량이 옛날에는 상당했지만, 현대인은 에너지와 시간을 거의 쓸 필요가 없다. 손가락 운동만 하면 된다. 다섯째로, 음식을 구하는 데 따르는 위험도 예전에는 상당했지만, 지금은 거의 없다. 정말 하늘과 땅 차이다.

🧍 절약 유전자 가설

인류는 수렵·채집 시대와 농경 시대를 거치면서 안정적으로 먹을거리를 구하는 데 상당한 어려움을 겪었을 것으로 여겨진다. 풍요로운 시절도 있었겠지만 빈곤한 시기도 심심치 않게 겪었을 것이며, 식량 공급은 안정 상태보다는 불안정 상태가 더 흔했을 것이다. 따라서 인류는 식량 부족에 반응하여 그에 적응하도록 진화해 왔으리라고 생각하는 것이 합리적인 추측일 것이다. 이를 설명하는 가설이 '절약 유전자 가설(Thrifty gene hypothesis)'이다. 즉, 절약 유전자는 빈곤의 시대에 우리를 생존하게 해 주었던 유전자이다. 먹을 것이 풍족한 시기에는 충분히 먹고 남는 에너지는 지방으로 비축해서 다가올 빈곤의 시대에 대비했다. 먹을 것이 부족한 시기에는 에너지 소비를 최소화했다. 이렇게 지방을 잘 비축하는 성향을 지닌 사람이 생존에 훨씬 더 유리했을 것이다.

절약 유전자 가설은 1962년 미국의 유전학자 제임스 닐(James Neel)
이 제시했다. 그는 인슐린 저항성을 적응의 관점에서 고려했다. 인슐
린 저항성이 생기면 지방 축적이 증가하는 방향으로 변화가 나타난
다. 이는 겨울이 오기 전에 지방 저장을 늘리는 동물의 대사 변화와
상당히 유사하다. 예를 들면 동면하는 곰에서 나타나는 변화이다. 즉,
식량 공급의 감소에 대비해서 식량이 풍부할 때 지방 저장을 늘려 에
너지를 충분히 축적하는 방향으로 적응 반응이 촉진되었다는 것이다.

지방 축적을 조장하는 방식과 지방 축적에 저항하는 방식 중 어느
것이 적응에 더 유리할까? 당연히 인간의 지방 항상성 유지 메커니
즘은 지방 축적에 제동을 걸기보다는 지방의 손실을 막는 데 더 능
했다고 여겨진다. 즉, 지방 축적을 조장하는 방식이 저항하는 방식
보다 훨씬 우세했으리라는 것이다. 따라서 우리는 일단 몸에 들어온
에너지를 잘 지키려는 성향이 있다. 이것이야말로 현대 비만 인류의
슬픈 현실 중 하나가 아닐까.

👶 비만은 태아 때 결정된다: 절약 표현형 가설

영국의 질병역학자 데이비드 바커(David Barker)는 1980년대 말 영
국의 빈곤 지역에서 태어난 사람들을 조사했다. 가난한 지역에서
태어난 이들은 출생 당시에는 체중이 적었는데, 성인이 되고 난 후
의 심장질환 발병률은 오히려 높은 것으로 나타났다. 뇌, 신경 등 핵

심 기관이 만들어지는 태아 시기에 임신부의 영양 상태가 나쁘면, 배 속에 있는 태아는 영양이 부족한 환경에 적응하여 지방을 축적하고 절약하는 변경 불가능한 프로그램을 만들게 된다. 나중에 성인이 되어 음식이 풍족한 상황에 부닥치면 이런 성향으로 인해 성인병에 걸리기 쉽다는 것이다. 이를 '절약 표현형 가설(Thrifty phenotype hypothesis)'이라고 한다. 소아 비만과 나중에 성인이 되었을 때 비만이 될 위험은 자궁 내의 환경에 많은 영향을 받는다고 한다. 이 가설은 가난한 계층과 개발도상국에서의 비만 증가를 설명하는 데는 적합하다고 할 수 있지만, 선진국의 비만 증가는 잘 설명하지 못한다.

비만에 대한 취약성은 출생 시 체중의 양극단 모두에서 증가한다. 즉, 임신 중의 체중 증가는 거대아 출생 가능성을 증가시키며, 특히 임신부의 BMI 증가는 딸의 비만 확률을 현저히 증가시킨다. 엄마의 특성이 획득형질유전의 형태로 딸에게 전해진다고 알려져 있다.

👤 귀한 음식과 불일치 패러다임

우리가 태어날 때부터 좋아하는 맛은 무엇일까? 단맛, 짠맛, 신맛, 쓴맛 아니면 매운맛? 바로 단맛이다. 이건 초콜릿 한 조각만 먹어도 바로 알 수 있다. 인류가 먹어 온 여러 음식 중에서 단맛을 내는 음식만큼 안전한 음식은 없었다. 쓰거나 신 음식은 독이 있거나 상했다는 신호일 수 있으니 주의해야 했다. 사람의 뇌는 많은 에너지를 필요로 하는데, 단맛이 나는 음식에 들어 있는 포도당은 그 목적에 딱 들어맞았다. 단맛을 좋아하는 것은 생존에 유리한 본능이었던 셈이다. 어쩐지 우리는 마카롱, 글레이즈 도넛, 탕후루 같은 이가 아릴 정도로 달콤한 음식에 열광하곤 한다.

그 옛날에 구할 수 있었던 단 음식은 꿀과 과일이었다. 지금이야 언제든 꿀을 사 먹을 수 있지만, 예전에는 꿀을 구하려면 벌에게 쏘일 각오를 해야 했다. 과일도 마찬가지였다. 요즘은 하우스 재배를 해서 아무 때나 달콤한 과일을 먹을 수 있지만 과거에는 제철에만 과일의 단맛을 즐길 수 있었다. 그만큼 꿀이나 과일 같은 단맛이 나는 단당류 음식이 귀할 수밖에 없었다.

단것보다 더 귀한 음식은 바로 지방이 많고 열량이 높은 기름진 음식이었다. 대표적으로 고기가 있는데, 고기를 구하려면 사냥을 해야 했다. 팩에 포장된 고기를 손쉽게 살 수 있는 지금과는 달리 고기를 사냥하려면 때로는 목숨을 걸어야 할 정도로 위험했다. 더군다나 사냥하는 데 에너지도 많이 들었다. 하지만 일단 사냥에 성공하면 동물의 고기뿐만 아니라 내장, 뇌, 골수 등 지방이 풍부한 먹을거리를 섭취할 수 있었다. 지방은 뇌와 신경계의 성장과 유지에 중요한 역할을 한다. 그래서 인간은 지능이 더욱 발달했고 더 좋은 음식을 구할 수 있었다.

그런 귀한 음식이 앞에 있으면 어떻게 해야 할까? 가능한 한 많이 먹고, 남는 것은 저장했을 것이다. 그러나 지금은 단 음식과 기름진 음식이 지천으로 널린 세상이다. 체중이 느는 사람이 많을 수밖에 없다.

우리는 선조들의 진화를 통해서 생리적 메커니즘, 몸의 구조, 행동을 물려받았다. 그 결과 다음과 같은 유전자를 갖게 되었다.

① 낮은 대사율과 불충분한 열 발생을 유도하는 '절약하는 유전자'
② 눈앞에 음식이 있으면 통제가 안 되는 '식욕 이상 항진증 유전자'
③ 육체적으로 활발하지 않은 성향을 보이는 '좌식 유전자'
④ 지방 축적 능력을 향상시켜서 지방 세포의 확산을 촉진하는 '지방 형성 유전자'

이 네 가지 유전자는 인류가 식량 부족에 적응하는 데 도움을 주었지만, 지금은 유효하지 않은 적응 방식이 되었다. 즉, 급격하게 변화한 환경은 우리 몸과 불일치를 보인다. 이를 불일치 패러다임이라고 한다. 결국 현대 인류의 비만이 증가하게 된 것은 우리 호모 사피엔스가 자연에서 적응해 살아남기 위해 진화시켰던 생물학적 특성이 현대의 생활환경에 잘 들어맞지 않기 때문이다.

👤 비만은 뇌의 책임?

비만의 유행에 대한 책임은 일정 부분 뇌에 있을지도 모른다. 우리의 뇌는 매우 가치 있는 기관이다. 뇌 덕분에 찬란한 기술과 문명이 발전할 수 있었다. 하지만 그런 뇌를 유지하려면 큰 비용이 들었다. 뇌를 뒷받침하는 데 필요한 많은 에너지를 획득하기 위해 고밀도 고에너지 음식을 선호하게 되었지만, 우리의 소화기관은 여전히 약간은 거친 음식을 소화하는 데 더 적합한 상태로 남아 있다. 지금 우리 주변에는 달고 기름진 음식들이 넘쳐 난다. 우리는 아주 뛰어난 운동 능력을 갖추고 있지만 땀 흘려 운동해서 에너지를 소모하기보다는 편안하게 쉬면서 에너지를 저장하는 것에 즐거움을 느끼고, 그에 적합한 형태로 진화해 왔다고 할 수 있다.

👤 우리는 잘못 진화했는가?

유르겐 브라터(Jurgen Brater)는 그의 책 《정장을 입은 사냥꾼(Wir sind alle Neandertaler)》에서 "인간은 수십만 년 전과 비교해서 거의 변하지 않았다. 타고난 습성이나 감수성, 사물에 대한 반응을 보면 석기 시대의 선조와 차이가 없다. 우리 몸의 전체적인 구조는 그들과 같고, 우리의 뇌는 그들의 뇌와 똑같은 프로그램으로 작동한다. 현대인은 그저 양복을 입은 사냥꾼이며 채집자인 것이다. 근본적으로 현대인은 자신에게 맞지 않는 환경에서 살고 있다."라고 말한다.

우리는 거의 변하지 않았고, 우리의 환경은 크게 변했다. 그럼 우리는 진화를 잘못한 것일지도 모른다. 옛날로 되돌아가야 할지도 모르겠다. 그럴 수는 없겠지만.

뚱뚱한 산모와
통통한 아기

포유류에게 주어진 생식의 두 가지 과제는 임신과 수유이다. 이는 인간도 마찬가지다. 여성의 삶에서 가장 에너지가 많이 들고 영양적 부담이 큰 과업은 임신과 수유라고 할 수 있다. 생식에 들어가는 부담은 여성이 거의 다 짊어진다. 특히 여성의 지방 저장량은 성공적인 생식에 결정적 역할을 했다. 따라서 여성과 남성의 지방 저장 및 대사 방식에 큰 차이가 생기게 되었다.

👤 남과 여

남성과 여성의 체지방률을 비교해 보면 남성보다 여성이 월등히 높다.〈그림 2-3〉 정상 체중 여성의 체지방률이 비만 남성의 체지방률과

비만 권하는 사회에서 살아남기

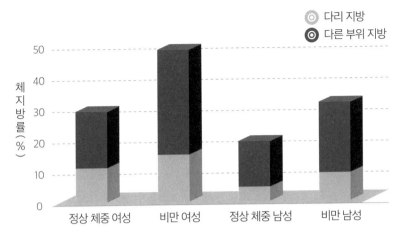

다리 지방
다른 부위 지방

체지방률(%)

정상 체중 여성   비만 여성   정상 체중 남성   비만 남성

그림 2-3. 남성과 여성의 체지방률 비교

거의 비슷할 정도다. 이는 모든 인종과 문화권을 통틀어서 공통적으로 나타나는 현상이다. 여성은 남성과 비교해 다리 부위의 지방이 다른 부위의 지방보다 많다. 특히 넓적다리와 엉덩이에 지방이 많아서 하체 비만의 가능성이 더 높다. 이는 현대 여성들의 주된 불만 사항 중 하나라고 한다. 반면 남성은 복부에 지방이 축적될 가능성이 더 크다. 따라서 남성은 여성보다 복부 비만에 훨씬 더 취약하다.

　지방 분포 양상을 살펴보면, 여성은 복부 피하지방(피부 아래에 있는 지방)이 내장지방(복강 내 장기 사이사이에 있는 지방)보다 더 많다.〈그림 2-4〉 이는 체중과 상관이 없다. 정상 체중 여성이든 비만 여성이든 피하지방이 내장지방보다 훨씬 많다. 하지만 남성은 여성보다 내장지방의 비율이 더 높다. 이러한 지방 분포의 성차는 출생 시부터 존재한

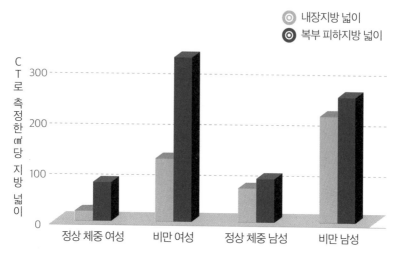

C
T
로
측
정
한 ㎠ 당
지
방
넓
이

300

200

100

0

정상 체중 여성　　비만 여성　　정상 체중 남성　　비만 남성

그림 2-4. 남성과 여성의 체지방 분포 비교

다. 남자 태아보다 여자 태아의 피하지방 양이 더 많다.

남녀의 지방 분포 차이는 건강상의 위험 차이로 이어진다. 피하지방과 내장지방 중 건강에 더 안 좋은 지방은 내장지방이다. 남성에게 많은 중심형 비만(복부 비만, 사과형 비만)은 비만 동반 질환, 즉 제2형 당뇨병, 고혈압, 이상지질혈증, 심혈관질환의 발생 가능성을 훨씬 높인다. 피하지방이 많은 말초형 비만(하체 비만, 배형 비만)은 여성에게 더 흔하다. 중심형 비만보다는 상대적으로 건강에 덜 유해하다. 적당한 범위 안에서라면 다리 지방이 증가하는 것은 오히려 긍정적인 대사 효과를 보인다고 한다.

남녀의 지방 축적과 대사에 영향을 미치는 대표적 요소는 성호르몬이다. 정소에서 분비되는 남성호르몬인 테스토스테론(testosterone)은 지방 분해를 촉진하고 지방의 총량을 감소시킨다. 남성호르몬 분비가 왕성한 젊은 시절에는 지방 분해가 촉진되고 지방 양이 줄어드는 경향을 보인다. 하지만 그 효과도 그리 오래 가진 않는다. 40대가 되면 남성호르몬 분비량은 반으로 떨어진다. 따라서 나이가 들면 지방 분해도 느려지고 지방 총량도 증가한다. 여성호르몬은 난소에서 만들어지는 에스트로겐(estrogen)과 프로게스테론(progesterone)을 가리킨다. 특히 에스트로겐은 피하지방을 축적하고 내장지방은 감소시키는 경향을 보인다. 따라서 가임기 여성은 피하지방이 많고 내장지방은 덜 쌓인다. 하지만 폐경 이후에는 체중 증가 경향이 나타나고 내장지방 축적이 증가하여 남녀 간에 별로 차이가 나지 않는다.

지방 세포에서 분비되는 렙틴(leptin)은 지방 대사에 중요한 역할을 하는 호르몬이다. 렙틴은 1994년 제프리 프리드먼(Jeffrey Friedman)이 발견했다. 렙틴은 뇌의 시상하부에 있는 포만 중추(포만감을 감지해 식욕을 억제하는 곳)에 신호를 보내 식욕을 억제하는 역할을 한다. 포만감이란 음식을 먹은 후 만족스럽게 배가 부른 느낌을 말한다. 즉, 배가 충분히 불러 음식을 먹고 싶은 욕구가 사라진 상태이다.

그런데 몸무게가 늘어 지방 세포가 커지면 렙틴 분비가 증가한다. 렙틴은 우리 몸에 지방이 얼마나 많은지 뇌에 알려 주는 일을 한다. 지방량이 늘고 몸에 에너지가 충분하니 뇌에 먹는 양을 줄이라는 신호를 보내는 것이다. 렙틴은 우리 몸의 에너지 소비도 늘린다. 만약 렙틴이 부족하거나 제대로 작용하지 않는다면 포만감을 느끼기 어려워 식사량이 엄청나게 늘어나 살이 많이 찌게 된다. 렙틴의 식욕 조절 작용은 뒷부분에서 더 자세히 알아보겠다.

여성은 남성보다 렙틴의 혈중 농도가 높다. 특히 임신 시에는 체중이 늘어 지방량이 증가하므로 렙틴 분비가 증가한다. 하지만 렙틴 저항성이 생겨 임신 중에는 식욕이 감소하지 않는다. 이를 '렙틴 저항성이 있는 고렙틴혈증 상태'라고 한다. 사춘기에도 이와 마찬가지로 렙틴이 증가하지만, 생리적으로 렙틴 저항성이 나타나게 된다.

남성과 여성은 운동 중에 에너지를 소모하는 양상도 다르다. 여성은 남성과 비교하여 운동 중 지방의 대사가 더 활발하지만, 남성은 포도당과 아미노산의 대사가 더 크다. 그러나 운동에 의한 지방 감소는 남성에게서 더 크게 관찰된다. 여성은 운동 중에는 지방을 소비하는 성향이 더 크지만, 운동 후에는 잃어버린 지방을 보충하려는 노력을 더 많이 한다고 한다. 즉, 여성은 지방을 소비하는 성향에 저항하는 방향으로 진화해 왔다고 할 수 있다.

👤 임신부의 지방 이용 전략

거의 모든 임신부가 임신 중 체중 증가를 경험한다. 특히 지방량이 증가하는 것을 볼 수 있다. 증가한 지방은 생식에 있어 이로운 작용을 한다. 여성의 지방 저장 용량은 남성보다 월등히 높다. 임신이나 수유 시에 대사 연료로서 지방 의존도가 증가하기 때문이다.

비만 권하는 사회에서 살아남기

임신 기간에는 태아와 태반이 필요로 하는 포도당 수요와 임신부의 뇌가 필요로 하는 포도당 수요 간에 갈등이 생긴다. 우선 아기를 먹여야 하니까 아기에게 먼저 포도당을 공급해야 한다. 이때 임신부의 지방 산화를 증가시켜서 근육과 말초기관에 필요한 에너지를 충당하면 갈등 해소에 도움이 될 것이다. 즉, 임신 중 에너지 균형 유지에 도움이 될 수 있다는 얘기다.

출산 후에는 젖을 먹여서 엄마의 영양분을 아기의 소화기관으로 직접 전달하게 된다. 이 역시 산모의 포도당을 절약하는 효과가 있다. 임신 초기에 지방으로 저장했던 잉여 에너지를 수유 시에 사용하는 것이다. 과거에 축적한 에너지로 현재의 생식 활동을 뒷받침한다고 할 수 있다.

지방 저장 전략을 극대화해서 생식 성공률을 높이는 예를 곰에게서 볼 수 있다. 곰은 동면하면서 임신하고 새끼를 낳고 젖을 먹여 기른다. 그런데 곰은 동면 기간에는 아무것도 먹지 않는데, 어떻게 새끼를 낳아서 기를 수 있을까? 이는 동면 전에 축적한 지방 덕분에 가능한 일이다. 곰은 동면 전에 약 30% 정도 지방량을 증가시킨다. 곰의 임신 기간은 매우 짧아서 몸집이 작고 발육이 덜 된 새끼를 낳는다. 어미는 무려 90kg에 달하지만, 새끼는 겨우 450g밖에 안 된다. 일찍 낳아서 고지방, 고단백 모유를 먹이는 것이다. 즉, 저장된 지방을 사용해서 고지방, 고단백 모유를 새끼에게 공급하고, 어미가 사용할 포도당 역시 지방으로부터 얻게 된다. 곰은 이러한 전략을 통해 생식 성공률을 높일 수 있다.

👶 아기는 왜 통통할까?

인간의 아기는 상당히 통통하다. 탐스러운 볼살, 주름이 접힐 정도인 팔다리…. 놀랍게도 인간 아기는 포유류 신생아 중에서 가장 뚱뚱한 편에 속한다고 한다. 포유류 신생아의 체지방 비율을 비교한 논문에 따르면, 인간 아기의 체지방 비율은 약 13%로 포유류 신생아 중에서 두 번째로 높다.〈그림 2-5〉 물개나 바다사자의 새끼보다 인간 아기의 체지방 비율이 훨씬 높은 것이다.

한편, 포유류 신생아 중 체지방 비율 1등을 차지한 두건물범의 지방 이용 전략은 상당히 독특하다. 짧은 수유 기간 동안 어미의 노력이 강렬하게 집중되는 극단적 사례를 보인다. 수유 기간은 겨우 4일

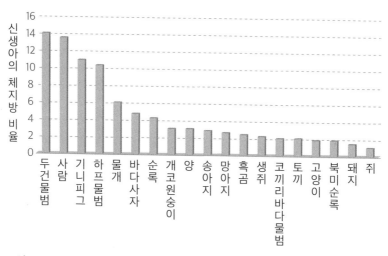

그림 2-5. 포유류 신생아의 체지방 비율

비만 권하는 사회에서 살아남기

에 불과한데, 60%가량이 지방으로 구성된 고지방 모유를 먹는다. 나흘 동안 새끼는 체중이 2배로 증가하고, 어미는 그 후에 떠나 버린다. 새끼는 한동안 아무것도 먹지 않고 저장된 지방을 대사하면서 성장한다. 매우 성공적인 지방 저장 전략의 예이다.

그건 그렇고, 인간의 아기가 통통한 이유는 뭘까? 그건 바로 지방이 뇌의 성장과 유지에 필요하기 때문이다. 아기는 성인보다 더 많은 에너지를 뇌 대사에 쓴다. 무려 50% 이상이다. 임신 말기에 태아의 지방이 대량 축적되는 시기가 있는데, 이는 뇌가 급속히 성장하는 시기와 일치한다. 아울러 출생 후 첫 3개월 동안에도 뇌가 하루에 1%씩 성장해서, 출생 직후 성인 뇌의 33%에 불과했던 아기의 뇌는 3개월 후 55%에 달할 정도로 빠르게 성장한다. 이처럼 급속한 뇌 성장을 뒷받침하기 위해 지방을 많이 축적한 것이다.

또한 인간의 모유는 상당히 묽어서 지방은 3~4%이고, 단백질은 1% 미만이다. 따라서 모유만으로는 아기의 뇌 성장과 유지를 뒷받침하기에 한계가 있기에 지방을 축적한 통통한 아기가 태어나는 것이다. 즉, 아기 몸에 저장된 지방은 커진 뇌의 성장과 유지에 필요한 에너지를 지원하기 위한 핵심적인 적응 방식이다.

통통한 아기의 이점은 또 있다. 아기는 면역계가 상당히 미성숙하므로 장염 등 감염성 질환에 걸릴 위험이 크다. 장염으로 인한 설사는 유아 사망률을 높이는 큰 원인 중 하나다. 이럴 때 지방이 많다면 아기를 질병으로부터 보호하는 작용을 보일 수 있다.

비만을 낳는 현대인의 식습관

"You are what you eat(당신이 먹는 것이 곧 당신이다)!"

프랑스의 미식가 브리야사바랭(Brillat-Savarin)이 한 말이다. 그는 "당신이 무엇을 먹는지 내게 알려 주면, 나는 당신이 어떤 사람인지 이야기해 줄 수 있다."라고 했다. 우리가 섭취하는 음식의 중요성을 강조한 말이다. 식습관의 중요성! 아무리 강조해도 지나치지 않다.

👤 인류의 식습관을 바꾼 두 번의 혁명과 서구병

인류는 구석기 시대에 수렵·채집을 하며 오랜 세월을 살아왔다. 약 400만~1만 년 전의 구석기인은 씨앗과 열매를 비롯하여 동물의 내장과 고기 등 다양한 음식을 먹었을 것이다. 인간은 불을 발견하고 사용하게 되면서 몸 밖에서 먼저 음식을 소화시키는 엄청난 변화를 경험했고, 더 많은 먹을거리를 구할 수 있었다. 비록 구석기인의 수명은 매우 짧았지만, 제대로 먹었다면 영양 상태는 양호했을 것으로 추측된다. 또한 구석기인의 골격은 농경민과 비교해 더 크고 튼튼했다고 여겨진다. 몸무게도 대부분 평균에 속했다.

인류의 식생활은 농경과 함께 첫 번째 혁명적 변화를 맞이했다. 농경은 약 1만 년 전 중동의 비옥한 초승달 지역에서 시작됐는데, 이것이 바로 신석기 문화의 시작이었다. 구석기 시대의 다채로운 식단은 신석기 시대로 오면서 굉장히 단순한 식단으로 바뀌었다. 즉, 수렵과 채집으로 얻은 다양한 먹을거리에서 보리, 쌀, 밀, 옥수수 같은 탄수화물이 주식이 되었다. 하지만 농경 사회의 탄수화물은 지금처럼 고도로 정제된 곡물이 아닌 통곡물 위주였다. 대부분 도정이 덜 된 거친 음식이었다. 또한 야생동물을 가축으로 길들여 농사짓는 데 이용하고 먹기도 했다. 신석기인은 대체로 적정 체중이었지만, 과체중인 사람은 구석기 시대보다 조금 늘어난 것으로 보인다.

인류의 식생활에 일어난 두 번째 혁명적 변화는 1760년대 영국에서 시작된 산업혁명이 계기가 되었다. 농업기술의 급격한 발전과 기계화 덕분에 수확량이 급증했다. 농촌의 남아도는 인력은 도시로 몰려들어 산업화의 원동력이 되었다. 도시는 더욱더 팽창했고 이는 식량 공급의 새로운 압박으로 작용하였다. 농업의 기계화는 한층 더 촉진되어 생산성이 향상되었다. 그 결과 기근은 점차 줄어들었다. 1800년대 후반 제분소가 등장하면서 정제가 잘 된 곡물과 설탕이 우리의 식탁에 오르기 시작했다. 20세기에 들어서면서 사람들은 고도로 정제된 탄수화물과 가공식품을 손쉽게 소비할 수 있게 되었다. 이를 음식의 '산업화'라고 한다. 즉, '서구식 식사'가 시작된 것이다.

서구식 식사는 고도로 정제된 탄수화물, 섬유소 및 영양소의 감소, 지나친 열량이라는 세 가지 특징을 지녔다. 그런데 전통적인 식사 방식을 버리고 서구식 식사를 받아들인 곳에서는 비만, 당뇨병, 고혈압, 뇌졸중, 심혈관질환, 충치 등을 포함한 일련의 만성 질환들이 크게 증가했다. 이를 '서구병(Western diseases)'이라고 칭한다. 일찍부터 서구병과 서구식 식사의 연관성에 주목한 학자들이 있었다. 알베르트 슈바이처(Albert Schweitzer), 데니스 버킷(Denis P. Burkitt), 새뮤얼 허튼(Samuel Hutton), 웨스턴 프라이스(Weston A. Price) 등은 서구식 식사를 받아들이지 않은 원주민은 서구병이 거의 혹은 전혀 발병하지 않았음을 발견했다. 하지만 서양 음식, 즉 정제된 밀가루, 설탕, 저장 음식 등의 소비가 증가한 원주민들 사이에서는 서구병 발병이 급속히 증가했다. 그들이 발견한 공통 원인은 바로 서구식 식사였다.

👤 급격히 변화한 현대인의 식습관

현대인은 왜 과식에 취약할까? 현대 사회에는 과식을 유도하는 요인이 많고, 예전과 비교해 식습관이 크게 달라졌기 때문이다. 그 변화를 정리하면 다음과 같다.

① 간식 먹기의 일상화

요즘에는 간식을 입에 달고 사는 사람들이 많다. 우리가 흔히 먹는 간식의 특징은 바로 우리 선조들이 구하기 어려웠던 귀한 음식, 즉 달고 기름진 음식이란 것이다. 그러니 간식의 유혹을 뿌리치기 어려울 수밖에 없다.

예전에는 간식을 먹는 습관이 거의 없었다. 끼니와 끼니 사이에 느끼는 허기는 당연했고, 그 허기는 다음 식사를 맛있게 먹게 하는 식욕 촉진제 역할을 했다. 그런데 1970년대 말부터 식품업계는 다양한 간식을 내놓기 시작했다. 간식을 팔기 위한 광고가 등장하면서부터 사람들의 식습관이 바뀌기 시작했다. 식사 전에 간식을 먹어도 밥맛이 떨어지지 않으며, 오히려 집중력이 높아진다는 내용의 광고도 있었다. 특히 어린이를 겨냥한 광고가 많았다. 수많은 광고에 노출된 사람들은 서서히 군것질을 시작하게 되었다. 언제 어디서든, 무엇이든 먹는 간식 문화는 이렇게 널리 퍼져 나갔다.

미국에서 행해진 한 연구에 따르면, 1977~1978년 하루에 2번 이상 간식을 먹는 사람의 비율은 28% 정도였다. 하지만 1994~1996년에 행해진 조사에서는 그 비율이 45%로 늘어났다. 특히 30세 미만의 젊은 층은 간식을 통해 전체 열량의 4분의 1가량을 섭취한다고 한다. 간식의 에너지 밀도나 하루에 섭취하는 간식의 크기와 양이 크게 증가했다.

② 주말에 많이 먹기

우리는 흔히 주말에 음식을 더 많이 먹는다. 미국 성인은 주말에 주중보다 115kcal 이상을 더 섭취한다. 우리나라 사람들도 더하면 더했지, 덜 하지는 않을 것 같다. 한 조사에 따르면 우리나라 사람들은 토요일에 가장 많이 먹는다. 평일보다 남자는 169kcal, 여자는 100kcal를 더 섭취하는 것으로 나타났다. 주말에는 치킨, 피자, 라면, 탄산음료 같은 고열량 음식을 먹는 경우가 평일보다 잦아서 열량 섭취량이 늘어나는 것으로 보인다.

③ 음식의 대형화: 슈퍼 사이즈와 세트 메뉴의 등장

1960년대 말 맥도날드의 마케팅 디렉터로 일하며 슈퍼 사이즈 메뉴를 도입한 데이비드 월러스타인(David Wallerstein)은 음식의 대형화에 크게 공헌한 사람이다. 피자, 햄버거, 커피, 팝콘, 탄산음료 등 거의 모든 음식의 크기가 전에 비해 엄청나게 커졌다. 1960년대의 1인분에 비해 지금의 1인분은 그 크기가 2배 이상 커졌다.

그리고 우리는 세트 메뉴를 선호한다. 단품만 먹으면 뭔가 손해를 보는 것 같고, 세트 메뉴를 먹으면 비슷한 가격에 더 많은 음식을 먹는 듯한 기분이 든다. 그래서 현명한 소비를 했다고 생각하게 되지만, 정말로 그럴까? 큰 차이가 없는 가격 같지만, 세트는 분명히 단품보다 더 비싸다. 가격 대비 섭취 열량이 올라가고, 결국 불필요하게 더 많이 먹게 되는 것이다. 즉, 우리를 과식으로 이끈다고 할 수 있다.

비만 권하는 사회에서 살아남기

④ 외식 문화의 확산

현대인은 외식에 상당한 비용을 지출한다. 우리나라에서는 한 사람당 매달 평균 13번 이상 외식을 하고, 30만 원 이상을 지출한다고 한다. 여기서 외식은 집에서 만든 밥이 아닌 식당에서 만든 음식을 말한다. 식당에서 만든 배달 음식이나 포장 음식도 외식에 해당한다. 오늘은 외식하지 말고 집에서 먹겠다고 결심해도 요리하기가 귀찮아서 그냥 가정 간편식으로 끝내는 경우도 많다. 우리는 요리하지 않아도 먹고 살 수 있는 시대에 살고 있다.

특히 도시에 사는 사람들은 집에서 밥을 해 먹기보다 밖에서 끼니를 해결하는 일이 잦다. 문제는 외식을 자주 하면 과식할 위험이 커진다는 것이다. 집에서 먹는 1인분보다 식당의 1인분 양이 더 많기 때문이다. 특히 뷔페라도 가게 되면 한 끼에 먹는 양이 매우 많아지기 마련이다. 남성은 외식할 때 열량이 높은 음식을 선택하는 경향이 크다. 외식을 자주 하는 여성은 집에서 자주 밥을 해 먹는 여성보다 비만일 가능성이 더 크다고 한다.

외식의 형태도 많이 변해서 요즘은 혼밥의 시대이다. 혼밥은 체중에 어떤 영향을 미칠까? 우리나라에서 행해진 한 연구에 따르면 혼자 밥을 먹는 사람들의 BMI는 그렇지 않은 사람들에 비해 높게 나타났다. 특히 혼자 밥을 먹는 20대 남자의 BMI가 가장 높은 경향을 보였다.

로세토 효과(Roseto effect)를 보면 혼밥의 문제점을 미루어 알 수 있다. 로세토는 필라델피아 북쪽에 있는 아주 작은 이탈리아 이민자

마을이다. 이 마을의 주민들은 음주나 흡연을 많이 하고 비만한 사람들도 꽤 많았다. 하지만 마을 사람들의 심장병으로 인한 사망률은 주변 마을보다 매우 낮았다. 그 이유는 로세토 마을 사람들이 예전부터 공동체 문화를 갖고 희로애락을 나누면서 살아가는 데 있었다. 즉, 공동체 안에서 형성되는 긴밀한 유대감이 사람들의 삶의 질에 큰 영향을 줄 수 있다는 것이다.

⑤ 무심코 마시는 탄산음료

세계 최초의 탄산음료는 1885년에 출시된 닥터 페퍼이다. 1년 후에는 탄산음료의 대명사인 코카콜라가 등장했다. 탄산음료를 마시면 잠시나마 기분이 좋아지는 이유는 탄산음료에 함유된 카페인과 설탕에 있다. 바로 이 설탕이 문제다. 설탕의 문제점은 뒤에서 더 자세히 알아보도록 하자.

탄산음료야말로 급격히 변화한 현대인의 식습관을 가장 잘 보여 준다고 할 수 있다. 가당 음료를 '비만 촉진제'라고 부르는 사람도 있다. 가당 음료의 소비가 늘어나면 비만과 당뇨병이 유발될 수 있다는 연구 결과가 많기 때문이다. 당을 액체 형태로 먹으면 고체 형태로 먹을 때보다 포만감을 덜 느낀다. 같은 열량을 섭취해도 배부른 느낌이 들지 않으니 자기도 모르게 더 많은 양을 먹게 되면서 과식할 위험이 커진다. 따라서 식사 전에 탄산음료를 마시고 본 식사를 하면 열량을 더 섭취하게 되고 과식하기 쉬워진다.

⑥ 패스트푸드의 전 세계적인 범람

과식을 부르는 현대의 음식 중 패스트푸드를 빼놓을 수 없다. 요즘은 세계 어디를 가도 패스트푸드 식당을 쉽게 찾아볼 수 있다. 맛이 어느 정도 보장되어 있으니 안전하게 고를 수 있는 음식이다. 패스트푸드는 많은 사람의 고민을 끝내 주는 선택지처럼 우리를 끌어당긴다. 패스트푸드의 유혹에서 벗어나기 힘든 이유는 뭘까?

첫 번째는 편의성이다. 패스트푸드는 주문하면 빨리 나오고 이른 아침이나 늦은 밤에도 먹을 수 있다. 데울 필요도 없고 수저나 포크가 없어도 어디서든 즉석에서 먹을 수 있다. 바쁘게 사는 현대인에게 아주 매력적인 메뉴이다.

두 번째는 역시 맛이다. 많은 사람이 패스트푸드를 맛있다고 느낀다. 패스트푸드는 주로 달고 짠 자극적인 맛을 내는데, 이는 일반적으로 사람들이 좋아하는 맛이다. 패스트푸드의 주성분은 지방, 설탕, 소금으로 이루어진다. 이 세 가지를 적절히 조합하면 거부할 수 없는 맛이 탄생한다. 이 성분들은 선조들이 귀하게 여기던 것이었다. 그래서 패스트푸드를 달고 기름지고 짠 음식을 좋아하는 인간의 진화적 특성과 맞아떨어지는 매력적인 제품이라고 말하기도 한다.

세 번째는 비교적 저렴한 가격이다. 개발도상국에서는 여전히 생활 수준에 비하면 비싼 편이지만, 그 밖의 나라들에서 패스트푸드의 값은 한 끼를 가볍게 때우는 데 별 고민 없이 낼 만한 수준이다. 하지만 패스트푸드가 진짜로 저렴한 음식인지는 생각해 볼 여지가 있다. 패스트푸드에는 숨겨진 사회적 비용이 있다고 지적하는 사람이 많다. 패스트푸드가 널리 퍼지면서 증가한 비만 인구 때문에 유발되는 비용이 16조 원이 넘는다. 그중 절반 이상은 비만으로 인한 질병 치료에 쓰이는 비용이다.

네 번째는 패스트푸드 산업의 치밀한 광고 전략이다. 패스트푸드 광고는 사람들에게 즐거운 감정을 느끼게 한다. 패스트푸드는 깊이 생각하고 먹는 음식이 아니라는 점에서 패스트푸드 산업은 치밀한 광고와 판매 전략을 세운다. 패스트푸드 산업이 가장 공들이는 대상은 바로 어린이다. 패스트푸드 매장에는 놀이 공간을 따로 마련해 두는 경우가 많은데, 이는 어린이들을 불러 모으기 위한 전략이다. 어린이 고객은 부모와 함께 오고, 부모는 지갑을 들고 오니까 말이다. 그래서 패스트푸드 광고에는 어린이가 좋아할 만한 귀엽고 친근한 캐릭터가 등장한다. 또 다른 효과적인 유혹 방법으로는 장난감이 있다. 장난감이 포함된 해피밀 세트를 사 달라고 부모를 조르는 아이들의 모습을 흔히 볼 수 있다. 이렇게 일단 어린이를 고객으로 만들면 평생 고객이 된다. 그야말로 '요람에서 무덤까지' 가는 거다.

👤 비만 문제가 개발도상국에서 더 심한 이유는?

비만율은 보통 선진국보다 가난한 나라에서 더 높게 나타난다. 그 이유는 영양 전환(nutrition transition)이 급속하게 나타났기 때문이다. 영양 전환은 전통 식단을 따르던 집단이 최초로 서구의 새로운 음식에 노출되어 식이 양상이 변화하는 것을 가리킨다. 서구 국가들에서는 산업화가 스스로 자리 잡기까지 상대적으로 오랜 기간인 1세기 이상이 걸렸다. 하지만 개발도상국에서는 그 변화의 속도가 선진국과 비교해 매우 빨랐다. 짧게는 수년, 길어 봐야 10~20년 정도의 짧은 기간 동안 급격하게 변화했다. 그들이 변화의 규모를 인지하지도 못하는 사이에 개발도상국의 식단은 물론 식품의 생산, 배분, 소비 양식까지 완전히 변했다. 따라서 그 폐해는 매우 심각하게 나타났다.

급격한 영양 전환의 사례를 가장 잘 보여 주는 부족이 앞서 소개했던 피마 인디언이다. 또 다른 예는 급격한 식생활 변화에 따른 심각한 영향을 받은 나우루 같은 고립된 섬나라의 원주민들이다. 나우루는 서구식 식생활에 노출된 지 불과 20여 년 만에 전체 인구의 90%가 과체중 및 비만이고, 40%는 당뇨병에 걸릴 정도가 됐다.

그리고 2천 년 동안의 검소한 생활을 버리고 1949~1950년에 이스라엘로 이주한 예멘계 유대인에게서도 그 예를 찾아볼 수 있다. 그들은 중세적인 삶을 살다가 갑자기 20세기 세계와 맞닥뜨린 후 많은 변화를 경험했다. 이주 후 20년 동안 풍요로운 생활을 하게 되면서 예전에는 거의 없던 당뇨병 환자가 13%로 급증했다.

그 반대의 경우는 없을까? 프로이센-프랑스 전쟁(1870~1871년) 동안 프로이센 군대는 파리를 포위하고 식량 공급을 차단했다. 그 기간에 수많은 당뇨병 환자의 증상이 중단되었음이 관찰됐다고 한다.

호주의 학자 케린 오데아(Kerin O'Dea)가 한 실험 결과도 매우 흥미롭다. 호주 원주민들도 도시화가 진행되면서 서구식 식단을 받아들여 비만, 고혈압, 제2형 당뇨병의 증가세를 보였다. 오데아는 도시에 살던 원주민을 7주 동안 다시 그들이 태어나고 자랐던 오지로 돌려보냈다. 그러고는 알아서 살라고 한 뒤 그들이 뭘 먹고, 어떻게 살고, 건강 상태는 어떻게 변하는지 조사했다. 7주라는 짧은 기간 동안 다시 수렵·채집 생활로 돌아간 이들에게서 현저한 건강상의 증진 효과가 나타났다. 체중이 감소했고, 인슐린 저항성이 떨어졌으며, 중성지방도 크게 저하됐다. 이를 통해 서구식 식사의 악영향은 생활 습관을 개선함으로써 대부분 사라질 수 있음이 입증됐다. 그 이유를 자세히는 모르지만, 서구식 식사의 악영향이 가역적인 변화인 것을 알 수 있는 실험이었다.

비만 권하는 사회에서 살아남기

운동 부족이 현대 사회 비만 유행의 원인인가?

비만의 원인을 꼽으라면 늘 빠지지 않는 것이 바로 운동 부족이다. 따라서 살을 빼려면 운동을 열심히 하라는 말을 꼭 듣는다. 때로는 아픈 다리를 부여잡고 억지로 운동하다가 관절염이 더 나빠지는 경우도 종종 본다. 이번에는 비만과 운동의 관계에 대해 이야기해보고자 한다. 과연 일부의 주장대로 운동 부족이 현대 사회에 만연한 비만을 초래하는 데 큰 역할을 했을까?

나날이 줄어드는 현대인의 활동량

우리의 활동량은 예전에 비해 상당히 줄어들었다. 그 계기는 마이클 패러데이의 전기 발견과 토머스 에디슨에 의한 각종 전자제품의 발명이라고 할 수 있다. 이는 그야말로 우리의 생활 방식을 근본적으로 바꾸어 놓았다.

옥내 배관과 수돗물 덕분에 우리는 더 이상 물지게를 지지 않아도 됐고, 수세식 변기 덕분에 화장실에 가려고 멀리 갈 필요도 없어졌다. 자동차, 에스컬레이터, 엘리베이터는 우리의 이동을 편리하게 해주었고, 냉동식품과 간편식의 등장은 우리를 부엌일에서 해방시켜주었다.

예전에는 냇가에 가서 손으로 빨래하고 손으로 설거지했지만, 요즘은 세탁기와 식기세척기가 대신한다. 계단을 이용하기보다는 엘리베이터나 에스컬레이터를 이용한다. 노약자를 위해 만들어진 시설이지만 거의 모든 사람이 이용한다. 걸레나 진공청소기로 청소하면 열량이 소모되지만, 요즘은 진공청소기도 힘들어서 로봇청소기까지 나온 시대이다.

중국은 자전거 이용률이 굉장히 높아서 자전거 왕국이라고 불렸다. 하지만 자동차 보급이 늘면서 60%에 달하던 자전거 이용률이 2005년 30% 정도로 줄었고, 과체중 인구는 증가했다. 그리고 기계화 영농이 시작되면서 농민의 열량 소모도 줄어들었고, 공부하는 것을 우선시하면서 학생들의 실외 활동도 감소하는 경향을 보였다.

이렇게 우리는 일상 활동에서 쓰던 수백 칼로리의 에너지를 절약할 수 있게 되었고 한가한 시간이 많아졌다. 그렇다면 우리는 여가시간을 활동적으로 보내게 됐을까? 여행도 가고 싶고 스포츠 활동도 하고 싶지만, 막상 주로 하는 것은 TV를 보거나 컴퓨터 게임을 하거나 스마트폰으로 검색하면서 시간을 보낸다. 전보다 늘어난 자유 시간을 활동적인 일에 쓰는 사람은 별로 많지 않은 것이 현실이다.

🧍 신체 활동을 많이 하면 많이 먹어도 괜찮다!

운동선수는 대식가라는 이야기를 흔히 듣는다. 수영의 황제 마이클 펠프스는 한창 훈련하던 시절 하루에 섭취하는 열량이 무려 12,000kcal에 달했다고 한다. 우리나라의 박태환 선수도 만만치 않았다. 하루에 섭취하는 열량이 6,500kcal에 달한 적도 있었다고 하니 말이다. 태릉선수촌 국가대표 선수들의 하루 평균 섭취 열량은 무려 5,000~5,500kcal에 달한다. 일반인의 3배 정도에 육박하는 엄청난 열량을 섭취하는 운동선수들은 이렇게 많이 먹어도 괜찮을까? 그렇다. 그들은 신체 활동을 많이 하니까 많이 먹어도 괜찮다. 운동선수만큼 신체 활동을 많이 한다면 우리도 많이 먹어도 된다.

한편, 은퇴 후에 체중이 상당히 증가하는 운동선수들을 종종 볼 수 있다. 이는 신체 활동이 감소하면 체중이 증가할 가능성이 높아진다는 것을 시사한다. 1950년대 크레타섬에 살았던 그리스인들은 건강에 좋은 지중해식 식단을 택했었다. 하지만 그 외에도 규칙적이고 꾸준한 신체 활동을 했다. 신체 활동을 늘릴수록 과체중 가능성을 낮출 수 있는 것으로 보인다. 그러고 보면 비만은 단지 운동 부족 탓일 수도 있겠다.

👤 메시가 다이어트를 했다고?

세계적인 운동 경기를 보면 패스트푸드 등 식품 산업이 협찬하는 경우를 종종 보게 된다. 맥도날드는 1976년 몬트리올 올림픽부터 협찬을 시작했다. 이는 맥도날드를 비롯한 패스트푸드 산업에 쏟아지는 비만의 주범이라는 비난을 다른 쪽으로 돌리려는 공격적 전략의 하나였다.

2004년 맥도날드가 "Go Active!", 즉 "활동적으로 돼라!"라는 매우 특이한 캠페인을 벌인 적이 있었다. 햄버거를 먹으라고 한 것이 아니라, 맥도날드와 함께 운동하기를 권한 것이다. 그때 나온 상품은 'Go Active Meal'로, 샐러드와 물 그리고 만보기를 묶어서 팔았다. 모델로는 영국의 수영 선수인 샤론 데이비스를 기용했다. 이 전략의 기저에는 먹는 것을 줄이는 게 아니라 운동을 많이 해서 열량을 줄이라는 의미가 깔려 있었다. 많이 먹어서가 아니라 운동을 덜 해서 비만해진다는 식품 산업의 주장과 일맥상통하는 캠페인이었다.

패스트푸드 산업에서는 이처럼 유명 운동선수를 모델로 기용해 이미지를 개선하는 전략을 쓰는 경우가 많다. 스포츠 스타가 패스트푸드 광고에 출연하면, 성인보다는 어린이나 청소년에게 미치는 영향이 꽤 클 것으로 생각된다. 이들의 멋있고 건강미 넘치는 이미지를 패스트푸드 섭취와 연관 지어 생각할 것이기 때문이다. 손흥민, 크리스티아누 호날두, 마이클 조던, 르브론 제임스, 세리나 윌리엄스, 야오밍 등이 패스트푸드 광고 모델로 활동했던 바 있다.

리오넬 메시도 감자칩과 펩시 광고를 찍었다. '메시도 먹었으니까 괜찮겠지!'라고 생각할 수도 있겠지만, 놀랍게도 메시 역시 다이어트를 했었다고 한다. 2014년 10월부터 2015년 3월까지 메시는 전속 영양사를 고용해서 3.5kg을 감량했다. 이 다이어트의 핵심은 피자를 끊은 것이었다. 경기가 끝나면 바르셀로나 축구팀 동료인 제라르 피케와 이반 라키티치는 샌드위치와 과일을 먹었던 반면, 메시는 치즈피자를 즐겨 먹었다. 메시는 다이어트 후 체형이 변화했을 뿐만 아니라 경기 중에 발생하던 구토 증상까지 사라졌다고 한다. 메시는 "식생활 습관을 바꾼 뒤 건강을 회복했다."라고 밝혔다. 그렇지만 메시는 여전히 펩시와 레이즈 감자칩의 광고 모델이다.

🧍 운동과 열량 소모

비만은 에너지 균형의 붕괴로 인해 생긴다. 즉, 섭취량과 소모량이 오랫동안 불균형을 이루면 결과적으로 비만이 된다. 열량을 너무 많이 공급하거나 소비를 충분히 하지 않거나 둘 중 하나일 것이다. 갑자기 너무 많이 먹기는 쉽지 않으니, 소모량이 줄어든 것일 수도 있다. 그렇다면 소모량 감소가 정말 비만의 원인일까?

《운동의 역설(Burn: New Research Blows the Lid Off How We Really Burn Calories, Stay Healthy, and Lose Weight)》의 저자 허먼 폰처(Herman Pontzer)는 탄자니아의 하드자족과 서구 지역 도시 근로자의 에너지 소모량

을 비교했다. 하드자족은 사냥과 채집으로 살아가는 사람들로, 하루에 10km 이상 걷거나 뛰는 등 활동적으로 보내는 사람들이다. 반면에 도시 근로자들은 하루의 대부분을 사무실에서 앉아서 보내고, 활동량이라야 주차장이나 대중교통 정차역에서 사무실까지 잠시 걷는 정도가 거의 전부인 사람들이다. 하지만 그들의 총에너지 소비량을 30일 이상 조사한 결과는 매우 놀라웠다. 종일 거의 앉아서 생활하는 도시 사람들과 활동적인 하드자족이 하루에 소비하는 에너지는 비슷했다. 두 그룹 간에 별 차이가 없던 것이다. 연구팀은 "운동을 많이 해도 열량 소모에는 큰 차이가 없다."라고 밝혔다. 우리 몸은 운동 등 활동량이 증가해 에너지 소비가 증가하면 다른 에너지 소비, 즉 기초대사량(살아가는 데 필요한 기본적인 활동인 심장, 뇌, 신장 등이 활동하는 데 쓰이는 에너지 소비량)을 절약해 총에너지 소비량을 일정하게 유지하기 때문이다. 운동이 체중 감량에 효과가 없다는 말은 아니다. 운동으로 체중이 줄어드는 이유는 따로 있다.

그러면 얼마나 운동해야 먹은 열량을 소모할 수 있는지 살펴보자. 피칸파이 한 개는 500kcal 정도 된다. 이를 소모하려면 2시간 반 이상 걷거나 격렬한 운동인 에어로빅을 1시간 정도 해야 한다. 맥주 두 병은 300kcal 정도여서 1시간 반 이상 걸어야 하고, 점심을 먹고 카페에서 마신 카페라테도 340kcal 이상이라 비슷하다. 바쁜 현대인이 일상생활에서 이런 시간을 가지기는 어려울 것이다.

우리가 즐겨 먹는 햄버거 세트의 열량은 1,000kcal가 훌쩍 넘는다. 이것을 소모하려면 상당한 운동이 필요할 것 같다. 마라톤이라

비만 권하는 사회에서 살아남기

도 해야 할까? 그렇다면 마라톤은 열량을 얼마나 소모할까? 클리블랜드의 한 연구진이 체중에 따른 마라톤 풀코스 완주 시 소모 열량을 조사한 적이 있었다. 체중 59kg은 2,224kcal, 75kg은 2,800kcal, 95kg은 3,600kcal 정도의 열량이 소모된다고 한다. 생각보다 많지 않아 보인다. 마라톤 풀코스를 완주해도 이 정도밖에 되지 않는다. 이렇듯 운동으로 열량을 소모하기는 매우 어렵다.

2023년 영국 애버딘대학교의 존 스피크먼(John Speakman)이 미국과 유럽의 성인 4,779명을 대상으로 한 연구 결과에 따르면, 사람들의 일일 총에너지 소모량은 지난 30여 년에 걸쳐 감소한 것으로 나타났다. 그러나 에너지 소모량의 감소는 활동 소모량이 줄어들어서가 아니라 기초대사량이 감소했기 때문이었다고 한다. 따라서 현대인의 신체 활동 감소가 비만 유행에 큰 영향을 미쳤다는 주장은 논란의 여지가 많다고 여겨진다. 게다가 운동만으로 많은 열량을 소모하기는 매우 어렵다는 사실로 볼 때, 현대 사회에서 비만이 유행하게 된 주된 원인으로 운동 부족을 지목하는 것은 무리라고 생각된다. 사실 운동의 가장 중요한 목적은 열량 소모가 아니다.

PART 3

비만이 초래하는
문제들

내장지방은
왜 나쁠까?

지방조직은 우리가 흔히 알고 있는 대로 남는 에너지를 중성지방 형태로 저장한다. 에너지가 필요하면 중성지방을 유리지방산과 글리세롤로 분해해서 에너지를 공급한다. 지방조직은 그 외에도 상당히 많은 일을 하는 동적인 조직이다. 즉, 체내의 에너지 대사와 항상성 유지를 담당하는 아주 중요한 내분비 기관이다.

비만이 유발하는 질환

살이 쪘다는 것은 지방이 늘어난 상태를 가리킨다. 과도하게 증가한 지방으로 인해 발생하는 부정적인 영향들이 바로 비만이 초래하는 문제들이다.

표 3-1. 비만으로 유발되는 질환의 상대 위험도

매우 증가(RR >3)	중등도 증가(RR 2~3)	약간 증가(RR 1~2)
제2형 당뇨병	관상동맥질환	암(폐경 후 유방암, 자궁내막암, 대장암)
담낭질환	고혈압	생식호르몬 이상
대사증후군	골관절염(무릎과 고관절)	다낭성난소증후군
호흡 곤란	고요산혈증과 통풍	임신 이상
수면무호흡증		요통
		마취 위험 증가
		비만 모체에서 태아 이상

비만으로 인한 질환은 첫째로 지방 축적에 따른 대사 기능의 변화로 인해 생기는 질환, 둘째로 지방 축적 자체가 부담이 되어서 나타나는 질환, 즉 몸무게가 늘어서 나타나는 질환으로 나눌 수 있다. 과도한 몸무게로 인한 질환에는 퇴행성 관절염과 수면무호흡증이 있다. 대사 기능의 변화로 인해 나타나는 질환은 제2형 당뇨병, 대사증후군, 쓸개질환, 고혈압, 심장질환, 암 등이 있는데, 특히 제2형 당뇨병과 대사증후군이 중요한 질환이다.

비만으로 인한 합병증은 그 상대 위험도(relative risk, RR)가 각기 다르다.^{〈표 3-1〉} 위험도가 굉장히 증가하는 질환이 있고, 중간 정도로 증가하는 질환 그리고 약간 증가하는 질환도 있다. 제2형 당뇨병과 대사증후군은 비만으로 인해 발생할 위험도가 상당히 많이 증가하는 질환이고, 관상동맥질환이나 고혈압은 중등도 정도의 증가세를 보인다. 그리고 암 등은 약간 증가하는 경향을 보인다.

👤 피하지방과 내장지방: 문제는 내장지방이다!

피하지방은 비교적 건강상의 위험성이 낮은 지방이다. 피하지방 축적으로 인해 생긴 비만의 경우, 이소성 지방(ectopic fat)이 쌓일 가능성이 적기 때문에 대사적인 이상이 발생할 확률이 높지 않다. 반면 내장지방 축적으로 인해 생긴 비만의 경우, 이소성 지방이 쌓일 가능성이 크다. 따라서 그로 인한 대사적인 문제가 발생할 확률이 상당히 높다. 이소성 지방은 있을 곳에 있지 않고 다른 곳에 있는 지방을 말한다. 즉, 본래 지방이 존재하지 않는 조직의 세포에 지방이 나타나는 것이다. 이소성 지방은 건강에 상당한 해를 끼칠 수 있다.

대표적인 이소성 지방은 바로 간에 지방이 축적되는 지방간이다. 지방간이 생기는 가장 큰 원인은 과도한 음주로, 알코올성 지방간을 만든다. 하지만 최근에는 지나친 과당 섭취로 인한 비알코올성 지방간도 증가하는 추세이다. 아울러 근육 내에도 지방이 축적될 수 있고 심장 내 혹은 심장 주변에도 지방이 축적될 수 있다.

남성과 20대 젊은 여성의 복부 비만은 상당한 차이를 보인다. 같은 허리둘레라고 하더라도 남성의 복부 비만은 주로 내장지방이 늘어나지만, 20대 젊은 여성의 복부 비만은 내장지방보다 피하지방이 훨씬 더 많이 증가하는 양상을 볼 수 있다. 하지만 여성의 폐경기가 지나면 남녀 간 차이가 사라진다. 폐경기 여성들의 복부 비만 양상을 보면 피하지방과 내장지방 모두 증가하는 것을 볼 수 있다.

배는 불룩하고 팔다리는 가는 체형은 우리나라 중년 남성에게 많은 체형이다. 이를 거미형 체형이라고 부른다. 불룩한 배에 들어 있는 것은 내장지방이다. 이 내장지방이 문제다. 지방이라고 다 똑같은 지방이 절대로 아니다. 내장지방과 피하지방이 에너지 대사에 이바지하는 바는 다르다. 피하지방보다 내장지방이 대사성 질환 발생에 더 큰 역할을 한다.

혹자는 내장지방을 몸속의 시한폭탄이라고 부른다. 그 이유는 바로 내장지방 세포에서 염증 유발 물질을 분비하기 때문이다.〈그림 3-1〉 이 염증 유발 물질 때문에 염증이 증가할 수 있다. 그래서 비만을 낮은 정도의 만성 염증 질환이라고 이야기한다.

복부 비만과 연관된 허리둘레는 비만과 동반되는 질병의 위험성을 알려 주는 매우 중요한 요소라고 할 수 있다. BMI가 평균인 사람이라도 허리둘레가 두꺼우면 수명이 단축된다. 건강하기를 원한다면 허리둘레를 줄여야 한다. 허리둘레가 줄어들면 복부 지방이 줄어든다. 복부 지방 감소는 곧 내장지방 감소를 의미한다.

'TOFI(Thin on the Outside Fat on the Inside)'라는 용어가 있다. 겉으로 보기에는 말랐지만 안에는 지방이 가득하다는 이야기인데, 여기서 말하는 지방은 내장지방이다. TOFI는 흔히 말하는 마른 비만과도 관련 있는 용어다. 어떤 사람은 체질량지수인 BMI를 'Baloney-Mass Index', 즉 '헛소리 덩어리 지수'라고 부르기도 한다. BMI를 너무 맹신하지는 말자는 말이다. BMI가 정상 수치인 여성의 48%와 남성의 25%는 내장지방 기준으로 보면 비만이라는 통계도 있을 정도다.

내장지방은 별다른 증세 없이 심각한 질환으로 발전할 수 있다.

비만 권하는 사회에서 살아남기

내장지방
세포

염증 유발 물질

대식 세포

그림 3-1. 내장지방 세포에서 유리되는 염증 유발 물질

내장지방 5.86리터

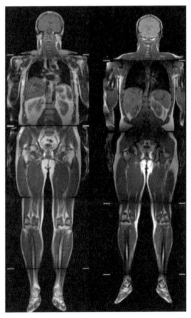

내장지방 1.65리터

그림 3-2. BMI가 같은 두 남성의 내장지방 차이를 보여 주는 이미지
(출처: 위키피디아 CC BY-SA 3.0 @ ImagingFat)

내장지방이 혈관에 축적되면 죽상동맥경화증, 뇌동맥에 축적되면 뇌졸중, 심장 관상동맥에 축적되면 협심증과 심근경색증을 유발할 수 있다. 여성의 경우에는 유방암, 자궁암, 난소암의 발병 확률을 높일 수 있다.

비만의 상징이라 불리는 일본 스모 선수의 내장지방 상태는 어떨까? 스모는 경기 특성상 상대방을 밀어내야 이기는 경기라서 스모 선수는 엄청나게 체중을 늘리는 경우를 흔히 볼 수 있다. 그런데 놀랍게도 스모 선수의 내장지방은 일반인과 비교했을 때 비슷하거나 오히려 더 적다고 한다. 주로 복부의 피하지방이 증가한 것이다. 스모 선수들은 강도 높은 운동을 통해 내장비만 가능성을 줄인다고 한다. 따라서 스모 선수들은 생각보다 내장비만으로 인한 합병증이 많지는 않다고 한다. 하지만 현역 시절에야 운동을 열심히 해서 건강을 유지할 수 있겠지만, 은퇴 후 운동량이 줄어들면 큰 문제가 될 것이다.

👤 지방 흡입술은 건강상의 개선 효과가 있을까?

"지방 흡입술로 날씬한 허리를!"

이런 광고를 흔히 볼 수 있다. 지방 흡입술은 어떤 지방을 제거하는 것일까? 바로 피하지방을 제거해서 날씬하게 만들어 준다는 것이다. 그렇다면 지방 흡입술은 질병에 대한 보호 효과가 있을까?

2004년 《뉴잉글랜드 저널 오브 메디신》에 지방 흡입술과 질병에 대한 보호 효과를 연구한 결과가 발표되었다. 이 연구에서는 복부 지방 흡입술을 통해 9kg의 피하지방을 제거한 사람들과 식이요법 및 운동을 통해 9kg을 감량한 사람들을 비교해 보았다. 그 결과 지방 흡입술을 받은 사람들은 심장병이나 당뇨병에 대한 보호 효과가 나타나지 않았다고 한다. 즉, 피하지방을 제거하는 지방 흡입술은 건강상의 개선 효과가 별로 없다는 이야기이다.

우리 사회는 비만한 사람을 만들어 내지만, 그들을 견뎌 내지는 못한다

우리 몸에 과도하게 증가한 지방은 여러 가지 건강상의 문제를 일으킨다. 비만이 건강에 미치는 영향도 물론 중요하지만, 비만이 미치는 사회적인 영향에도 주목해야 한다. 우리 주변에는 비만에 대한 따가운 시선 때문에 상처받는 사람들이 많다. 비만 문제를 해결하려면 무엇보다 비만에 대한 인식 개선이 필요하다.

🧍 비만 낙인

"우리 사회는 비만한 사람을 만들어 낸다. 하지만 우리 사회는 그들을 견뎌 내지는 못한다!"

《강요된 비만》에 나오는 말이다. 우리가 비만인을 바라보는 시선을 잘 정리한 말이지 않을까? 사회적으로 비만인은 증가하고 있지만, 우리는 그들을 잘 보듬어 주지 못하고 있다. 특히 비만 아동에게서 나타나는 정신적, 사회적 후유증은 매우 크다고 한다. 성인병과 따돌림으로 상처받는 아이들이 많다. 놀랍게도 한 연구에 따르면, 초고도 비만 아동의 삶의 질은 항암 화학요법을 받는 아이들이 느끼는 삶의 질과 유사하다고 한다.

이처럼 비만한 사람들에 대해 다른 사람들이 보이는 부정적인 태도나 편견을 '비만 낙인(obesity stigma)'이라고 한다. 이에 따라 비만인들은 직장이나 학교, 일상생활에서 차별을 경험하는 경우가 많다. 비만한 사람을 자기 관리가 부족하거나 의지가 약하다고 판단하는 일도 비일비재하다. 비만 낙인은 비만한 개인의 정신 건강에 부정적인 영향을 미칠 수 있다. 자존감이 떨어지고 우울증이나 불안증을 경험하는 비율도 증가할 수 있다. 아울러 비만한 사람들은 타인의 시선 때문에 의료적 처치를 받는 것을 꺼려 건강에 더욱 악영향을 미치기도 한다.

우리나라 사람들이 미국 공항에 내렸을 때 놀라는 점 중 하나가 BMI 40 이상인 초고도 비만인이 많다는 것이다. 길거리에서도 흔히 볼 수 있다. 하지만 우리나라에서는 주변에서 초고도 비만인을 잘 볼 수 없다. 그 이유는 그들이 은둔 생활을 하기 때문이다. 2010년에 방송되었던 KBS 프로그램 〈추적 60분〉 '영혼의 살인자: 초고도 비만' 편의 도입부에서는 이런 말이 나온다.

"사람들의 따가운 시선 때문에 외톨이로 변해 가는 사람들이 있다. 그들은 초고도 비만인이다.”

초고도 비만인은 대중교통을 잘 이용하지 못한다. 맞는 기계가 없어서 CT 촬영을 하기도 힘들고, 식당에 가면 의자가 부서질까 봐 겁나서 잘 앉지도 못한다. 아울러 각종 비만 합병증으로 인한 죽음의 공포를 항상 떠안고 산다.

👤 보건의료 전문가들조차?

앞서 우리는 보통 비만에 대해 긍정적인 이미지보다는 부정적인 이미지를 가지고 있다고 말했다. 그러면 일반인이 아닌 비만 환자를 직접 치료하는 의료종사자들은 어떨까? 2019년 스코틀랜드 글래스고에서 제26회 유럽비만학술회의(European Congress on Obesity)가 열렸다. 이 회의에서는 비만인과 보건의료 전문가 간의 비만 치료에 대한 인식, 태도, 행동의 차이 및 장벽 확인을 목표로 진행된 국제적 규모의 연구 결과가 발표되었다. 이 연구에는 5개 대륙 11개국에서 14,500여 명의 비만인과 2,800여 명의 보건의료 전문가가 참여하였다. 우리나라에서도 1,500여 명의 비만인과 200여 명의 보건의료 전문가가 참여한 연구였다. 그 결과에 따르면, ‘체중 감량에 관한 관심’에 있어서 비만인과 보건의료 전문가 사이에 명확한 인식 차이가 존재한다는 것이 발견됐다.

“체중 감량에 대한 책임은 누구에게 있을까요?”라는 질문에 대해서 응답자의 80%에 달하는 사람들이 본인에게 있다고 답했다.

"비만한 사람들은 체중 감량에 관심이 있나요?"라는 질문에 대해서는 비만한 사람의 93%가 "네, 물론 관심 있어요."라고 답하였지만, 보건의료 전문가의 경우 관심이 있을 것이라고 답한 비율은 29%에 불과했다.

"비만인들이 과거에 한 번 이상은 진지하게 체중 감량을 위해 노력했나요?"라는 질문에는 비만한 사람의 81%가 "그럼요! 나는 체중 감량을 위해 열심히 노력했어요."라고 답했지만, 보건의료 전문가의 35%만이 "그렇다."라고 답했다. 보건의료 전문가들은 비만인들이 진지하게 체중 감량을 위해 노력하지 않는다고 인식하고 있었다. 두 그룹 간의 명확한 인식 차이가 눈에 띈다.

이 연구에 참여한 평생 비만이었던 한 여성의 이야기는 많은 것을 시사한다. 그녀는 주치의와 체중에 관해 이야기를 나눌 용기가 없었다. 실제로 비만인은 체중 감량에 어려움을 겪기 시작하고 나서 평균 6년이라는 시간이 흐른 뒤에야 전문가와 상담한다고 한다. 그녀는 자기 뱃살을 누르면서 "이거 빼지 않으면 죽을 수도 있어요."라고 하는 의사보다 "현재 체중에 대해 같이 이야기 좀 나눠 볼까요? 좀 걱정되는데, 본인도 그렇죠?"라거나 "체중 감량을 위해 뭘 할 수 있을지 함께 의논해 봅시다."라고 하는 전문가가 필요했다고 말한다. 그녀는 의료진이 비만에 대해 가진 인식을 바꾸기를 바랐다. 비만 환자는 게으르고 자기 관리를 하지 않는다는 편견이 비만 치료를 받기 어렵게 만든다는 것이었다.

이와 유사한 언급이 《강요된 비만》에도 나온다. 의사들은 비만에 대한 훈련이 불충분하고 비만에 대한 이해가 부족하다고 지적한다. 전문 의료진의 무관심, 고도 비만이 아닌 초기 비만이나 중등도 비만에 대한 치료를 포기하거나 등한시하는 자세, 적절하지 않은 진단 혹은 미흡한 예방 등이 비만 문제 해결에 있어 가장 큰 걸림돌이라고 할 수 있다. 비단 의료진에게만 해당하는 말은 아닐 것이다. 비만에 대한 우리의 전반적인 인식이 바뀌면, 현대 사회에 만연한 비만 문제의 해결에 한 발짝 더 다가설 수 있으리라 생각한다.

👤 급격히 증가하는 비만 관련 비용

비만으로 인해 사회에 부과되는 비용이 나날이 증가하고 있다. 비만으로 인한 사회·경제적 비용은 비만 치료에 드는 직접적인 의료비용, 비만에 대처하는 사회적 비용, 비만 때문에 발생하는 생산성 저하에 따른 경제적 손실 등을 말한다. 비만 관련 비용은 전쟁 및 테러 관련 비용, 흡연 관련 비용과 엇비슷하고, 알코올, 문맹, 기후 변화 관련 비용보다 더 많다.

2012년 삼성경제연구소에서 〈비만의 사회·경제적 위협과 기회〉라는 흥미로운 보고서를 발간한 바 있다. 이 보고서에 따르면 우리나라 여성의 살 빼기 노력이 세계 1위라고 한다. 지난 10년간의 비만 인구 증가율은 150%에 달했고, 2011년 성인 비만의 사회적 비용은

3조 4천억 원이었다. 놀랍게도 여성의 95%가 자신이 뚱뚱하다고 느낀다고 답했다. 40~60세 남성의 과체중 비율은 40%가 넘었고, 다이어트 산업의 규모는 3조 원 이상으로 조사되었다. 믿기 어려울 만큼 엄청난 통계 수치로 보인다.

실제로 국민건강보험공단 발표에 따르면, 우리나라의 비만으로 인한 사회·경제적 비용은 2017년부터 2021년까지 5년간 연평균 7% 증가했다. 비만으로 인한 사회·경제적 손실액은 2021년 기준으로 무려 약 16조 원에 달한다. 의료비가 51% 수준으로 가장 많고, 생산성 저하액, 생산성 손실액, 조기 사망액, 병구완비, 교통비 등이 포함된다. 성별로는 남자가 여자보다 많았고, 연령대별로는 50대, 60대, 40대 순으로 나타났다.

👤 비만은 경제적 살인자!

비만 환자는 치료에 비용이 들 뿐만 아니라 기회 손실로 인해 수입이 감소할 수 있다. 즉, 일을 쉬게 되어 쉰 기간 동안 수입이 줄어들며, 간호하는 가족도 일을 쉬어야 한다면 가정 수입도 감소할 수 있다. 일할 수 있는 연수가 줄어들고, 수명이 단축되기 때문에 평생 얻는 수익도 감소할 수 있다. 따라서 비만은 특히 저소득층에는 경제적 살인자이다.

해마다 비만 문제는 저소득층에서 더 심각해지는 추세이다. 소득상하위 그룹 간의 비만율 격차는 해마다 벌어지고 있다. 저소득층 중에서도 여성의 비만율이 상당히 높다. 소득이 낮을수록 비만 확률이 증가하지만 비만을 치료할 가능성은 더 낮아진다. 한 조사에 따르면 저소득층에서는 고소득층의 3분의 1에 불과한 사람들만이 비만을 치료한다고 한다. 즉, 건강의 양극화 현상이 벌어지는 것이다.

따라서 비만은 단순히 개인의 식습관이나 활동량의 문제가 아니라 소득 수준과 연동되는 사회적인 문제라고 할 수 있다. 저소득층의 비만 문제는 성인뿐만 아니라 청소년 자녀에게도 해당한다. 가구 소득이 높은 가정일수록 자녀의 비만율이 낮다. 경제적 수준이 낮을수록 자녀의 비만 위험성이 증가하는 이유는 여러 가지가 있다. 운동 시설에 대한 접근성이 낮아질 것이고, 스마트폰이나 TV 시청 등 비활동적인 여가가 증가할 것이며, 상대적으로 가격이 높은 신선한 건강식품을 구매할 가능성은 적어질 것이다. 반대로 저가의 고열량, 저영양 식품을 구매하고 섭취할 가능성은 커지게 된다.

PART 4

인간 식생활의
변화

현대인이 마주한
잡식동물의 딜레마

'잡식동물의 딜레마'라는 용어는 심리학자 폴 로진(Paul Rozin)이 최초로 사용했다. 그는 잡식동물의 딜레마를 "인간이 가지고 있는 음식 선택에 대한 원초적인 두려움"이라고 표현했다. 현대 사회는 엄청난 음식의 풍요로움을 자랑한다. 하지만 이러한 풍요로움 속에서 막상 우리 몸에 좋은 먹을거리를 찾기가 어려울 때도 왕왕 있다. 이 것이 바로 현대인이 마주한 잡식동물의 딜레마라고 할 수 있다.

음식 문화

고기만 먹는 육식동물인 사자나 유칼립투스만 먹는 초식동물인 코알라와는 달리 잡식동물인 인간은 식물이든 고기든 버섯이든 거의 모든 것을 먹는다. 하지만 우리에게 어떤 음식이 좋고 어떤 음식이 나쁜지를 알아내는 본능적인 감각은 거의 없다. 우리는 무엇이든 먹을 수 있지만, 무엇을 먹어야 할지는 잘 모른다. 그러면 우리는 어떤 기준으로 음식을 선택할까?

우리는 늘 먹는다. 이는 인간이 행하는 가장 기본적인 행위이며, 먹어야 산다. 우리는 전문가의 조언 없이도 이 어려운 문제를 잘 해결해 왔다. 바로 문화를 통해서였다. 음식 문화를 통해 우리는 무엇을, 얼마나, 어떤 식으로, 언제, 누구와 먹을지 결정해 왔다. 먹는다는 것은 언뜻 보면 상당히 간단한 일 같지만 사실 굉장히 어려운 일이다.

어느 사회든, 어느 민족이든 고유한 음식 문화를 가지고 있다. 어머니들이 바로 음식 문화의 수호자였다. 어머니는 그 어머니의 어머니로부터 음식 문화를 물려받았다. 하지만 현대는 어머니의 음식 문화에 대한 권위가 상실된 시대라고 지적하는 사람들이 많다. 그 권위는 요리사, 저널리스트, 영양학자, 의사 등 전문가에게 넘어갔다. 그들은 각종 방송과 매체를 통해서 몸에 좋은 음식과 조리법을 설파한다. 즉, 지금은 음식을 먹는 일에도 전문가의 조언이 필요한 세상이 되었다.

👤 선조들은 접해 보지 못한 불확실한 먹을거리

인간은 자연에서 난 음식을 가공해서 섭취해 왔다. 이 음식들은 세월의 시험을 통과한 음식들이다. 하지만 현대인은 선조들이 전혀 접해 보지 못했던 불확실한 먹을거리와 함께 살고 있다. 대표적인 것이 패스트푸드를 비롯한 초가공식품, 유전자 변형 식품, 인공 음식 등이다. 초가공식품에 관해서는 뒤에서 살펴보고, 먼저 유전자 변형 식품과 인공 음식에 관해 이야기해 보자.

선조들은 전혀 접해 본 바 없는 이런 음식들은 과연 인간과 환경의 건강에 안전할까? 최근 각종 식생활 관련 질환이 엄청나게 증가했다고 한다. 이런 음식들과 어떤 관계가 있지 않을까? 우리나라의 제2형 당뇨병 발생률은 1960년대에는 0.5% 미만이었다. 1970년대에는 2%, 1980년대에는 4.7%였던 것이 2016년에는 무려 11.3%에 달했다. 우리나라 국민 10명 중 1명은 당뇨병 환자라는 이야기이다. 한편 고혈압 인구는 2019년 1,100만 명을 돌파해서 30세 이상 성인 인구의 30% 가까이가 고혈압으로 진단된다.

《강요된 비만》에서는 "먹는 것이 문제다. 우리는 너무 많이 먹고 있으며, 더 심각한 것은 온갖 나쁜 음식을 먹고 있다는 것이다."라고 지적한다. 우리가 먹을거리가 정말 안전한지 크게 걱정하게 된 계기는 아마도 2008년에 있었던 광우병 소고기 사태일 것이다. 변종 크로이츠펠트-야코프병(Creutzfeldt-Jakob disease)이라 불리는 인간 광우병의 가능성은 우리를 공포에 떨게 했다. 광우병 사태를 계기로 우리가 먹는 값싼 소고기가 어떤 과정을 거쳐 생산되는지 알게 되었다. 복잡해진 현대 음식 생산 체제 안에서 소비자인 우리는 별로 할 수 있는 일이 없는 무기력한 존재로 보인다.

🧍 유전자 변형 식품

유전자 변형 식품은 아마도 현대인이 마주한 가장 불확실한 먹을 거리의 하나가 아닐까. 유전자 변형 생물(genetically modified organism, GMO)은 기존 생물에 없는 다른 생물의 유전자를 인위적으로 결합하여 유전자를 변형한 생물체를 말한다. 유전자 변형(GM) 작물은 전통적인 육종으로는 만들어질 수 없는 것으로, 특정 작물에 다른 작물의 특정 유전자를 삽입해서 만든다. 사용되는 특정 유전자의 대표적인 기능은 두 가지이다. 첫 번째는 제초제 저항성으로, 제초제를 뿌려도 잘 죽지 않는 기능이다. 두 번째는 살충성으로, 병해충이 침입해도 잘 버티는 기능이다.

세계 최초로 상업적 목적으로 생산된 GMO는 1994년 미국의 칼젠(Calgene)이라는 농생명공학회사에서 개발한 무르지 않는 토마토인 '플레이버 세이버(Flavr Savr)'였다. 이 토마토는 그 우수성에도 불구하고 맛이 좋지 않아 상업적인 성공은 거두지 못했다.

세계 GM 작물 재배 현황(2019년 기준)을 살펴보면, GM 작물 재배 국가는 26개국에 달하고 총 재배 면적은 1억 9,040만ha에 달한다. GM 작물의 종류는 옥수수, 대두, 면화, 유채, 알팔파(자주개자리) 등의 주곡 작물과 사탕무, 호박, 가지, 감자 등의 채소류, 파파야, 딸기, 사과 등의 과일류, 장미나 카네이션 등의 화훼류까지 아주 다양하다.

GM 작물별 재배 비율(2020년 기준)을 보면 대두(콩)와 옥수수의 재배 면적이 가장 넓다. 대두의 74%가량이 GM 대두이고, 옥수수의

전통적 교잡 육종

병에 약하나
맛이 좋다

벼→

염색체

병에 강하나
맛이 없다

다양한 잡종
집단에서
병에 강하고
맛이 좋은
개체 선발

병에 강하고
맛좋은 품종

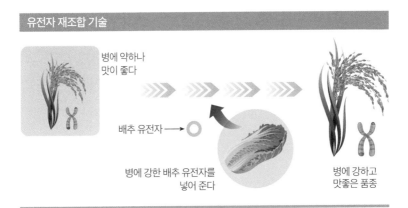

유전자 재조합 기술

병에 약하나
맛이 좋다

배추 유전자 →

병에 강한 배추 유전자를
넣어 준다

병에 강하고
맛좋은 품종

그림 4-1. 전통적 교잡 육종과 유전자 재조합 기술

31% 정도가 GM 옥수수이다. 면화와 유채(카놀라)도 많이 재배되는
GM 작물이다. GMO 생산 강국은 뭐니 뭐니 해도 역시 미국이다. 그
다음이 브라질, 아르헨티나, 캐나다, 인도, 중국 순이다. 이들 6개국

이 전 세계 GMO 생산량의 90% 이상을 차지하고 있다.

우리가 언제부터 GMO를 먹었는지 확실하지는 않지만 1996년이라고 추정한다. 1996년은 상업적 GMO가 개발되어 시판된 해이기 때문이다. GMO의 강자인 몬산토(Monsanto)와 노바티스(Norvartis)가 1996년 GM 콩과 GM 옥수수를 개발하여 시장에 내놓았다. 우리나라는 식량 자급률이 매우 낮아 콩은 10% 미만, 옥수수는 1% 미만이다. 하지만 옥수수와 콩 소비량은 상당히 많다. 소비량에 비해 자급률이 낮으므로 외국에서 수입할 수밖에 없었는데, 주요 수입 대상국인 미국과 브라질 등에서 대량의 GMO를 재배했으므로 아마도 그때부터 GMO를 먹지 않았을까?

그러면 우리나라 국민은 평소에 GMO를 얼마나 먹을까? 이에 관한 정확한 통계는 없지만, 수입량을 근거로 추산해 볼 수는 있다. GMO 수입량은 2020년 1,197만 톤으로 최고점을 기록한 뒤 2023년 1,028만 톤으로 약간 감소했다. 수입 GMO는 80% 이상이 사료용이었고, 옥수수를 가장 많이 수입했다. 식품용은 옥수수와 대두가 비슷한 정도였다. 1인당 연간 섭취량은 얼마나 될까? 수입량을 인구수로 나눠 대략 추산해 보면 GM 옥수수는 약 22kg, GM 콩은 약 20kg이었다. 생각보다 상당히 많은 양이다. 참고로 최근 10년간 1인당 평균 쌀 소비량은 60kg이었다. 하지만 우리가 GMO를 이렇게 많이 먹고 있다는 사실을 인지하고 있는 사람은 거의 없는 게 현실이다.

GMO는 어떤 모습으로 우리 앞에 나타나기에 우리는 GMO에 대해 잘 인식하지 못하고 있는 걸까? 우리나라에서 GM 작물을 그대로 섭취하는 경우는 거의 없다. 콩이나 옥수수 등 식용 GM 작물은 다양한 가공식품의 원료로 사용된다. GM 콩은 주로 콩기름의 원료로 사용되고, GM 옥수수는 주로 전분이나 감미료인 선분당의 원료로 쓰인다. 하지만 이보다 가축 사료용으로 더 많이 사용된다.

아울러 우리는 GMO가 함유된 가공식품도 대량으로 수입하고 있다. 경제정의실천시민연합(경실련)의 자료 공개 요구를 통해 밝혀진 2013~2022년의 GMO 함유 가공식품 수입 자료에 따르면, 10년간 수입한 GMO 함유 가공식품은 60만 5천 톤에 달했다. 2013년 대비 2022년에는 무려 8배가 증가했다. 같은 기간에 식용 GMO 수입 증가율이 98%였으니, 가공식품의 수입 증가 정도는 상당히 높다고 할 수 있다. 주요 수입 업체는 코스트코, 강동케이앤드에스, 이마트 등으로 상위 5개 업체가 전체 수입량의 30% 정도를 차지했다.

국내에서 제조되는 콩기름이나 식용유는 수입한 콩과 옥수수를 주원료로 사용한다. 따라서 GM 콩과 GM 옥수수를 함유할 가능성이 농후하지만, 실제로는 GMO 재료 포함 여부를 표기하지 않는다. 그 이유는 면제 조항 때문이다. 우리나라는 2001년에 최초로 가공식품을 대상으로 GMO 표시제를 시행했다. 표시 대상은 대두, 옥수수, 면화, 카놀라, 사탕무, 알팔파 등의 농산물과 이를 원료로 한 가공식품이었다. 그 후 몇 번의 개정을 거친 GMO 표시제는 2017년 2월 4일 확대 시행되었다. 이전에는 많이 사용한 1위에서 5위까지의 주요 원재료만 표시했는데 그것을 전체 원재료로 확대했다. 그런데 각종 면제 조항이 명확히 명시되었다. 즉, 제조나 가공 후에 유전자 변형 DNA나 단백질이 남아 있는 식품으로 표시 대상을 한정한 것이다. 식용유, 간장, 당류는 DNA나 단백질이 남아 있는지 검사를 할 수 없는 검사 불능 식품이다. 따라서 이들 품목은 GMO 표시제 대상에서 제외된다. 아울러 GM 사료를 섭취한 동물에서 추출한 식품도 표시 면제 대상이다. 소비자의 당연한 권리인 '알고 선택할 권리'는 GMO 식품에 대해서는 보장받지 못하고 있는 셈이다.

GMO의 안전성에 관한 논란은 여전히 뜨겁다. 우리의 주된 관심사는 '예상치 못한 GMO의 위해성은 없는가?'이다. 암이나 불임, 알레르기 등의 원인으로 작용할 수 있다는 일부 학계의 주장이 있는가 하면, 그런 근거는 없다는 GMO 개발업체나 과학자들의 주장이 팽팽히 맞서고 있다. 정부 출연 연구기관인 바이오안전성정보센터에서는 "GMO의 개발 역사가 짧아서 장기간 섭취하면 인체에 어떤 현상이 나타날지는 아직 확신할 수 없다."라며 GMO에 관해 유보하는 태도를 표했다. 영국의학협회에서는 "현재 상태에서 GMO는 환경이나 인체 및 건강에 심각한 위협이 되는지 아닌지 확인되지 않고 있다. 만약 GMO의 부작용이 사실이라면 이로 인한 증상은 치료 불가능하다."라는 의견을 내놓기도 했다.

GM 작물만 있는 것이 아니라 GM 동물도 있다. 세계 최초의 상업용 유전자 변형 동물은 GM 연어이다. 보통 연어보다 2배 이상 빠른 성장 속도를 자랑하는 GM 연어는 1989년 미국 아쿠아바운티 테크놀로지스(AquaBounty Technologies)사에서 개발했다.〈그림 4-2〉 생각보다 역사가 꽤 깊다. 하지만 많은 논란이 있었고 지금까지 널리 시판되

그림 4-2. 유전자 변형 연어(위)와 일반 연어(아래)

고 있지는 않다. 캐나다에서는 2017년에 시판되었다는 보도가 있었고, 미국에서는 2019년에 상업화가 승인되어 2020년 시판을 목표로 했으나 소비자단체의 거센 반발에 부딪혀 결국 실패했다. 코스트코와 월마트 등은 GM 연어의 판매를 유보한다는 결정을 내리기도 했다. 한편 사람들에게 육류 알레르기 반응을 일으키는 유전자를 제거한 GM 돼지가 2020년 식품 및 의료용으로 승인을 받기도 했다.

👤 인공 음식, 새로운 대안?

우리 선조들이 접해 보지 못했던 음식 중에 아직은 우리 앞에 오지 않았지만, 곧 등장할 것으로 보이는 새로운 음식이 있다. 이름하

그림 4-3. 2013년에 선보인 세계 최초의 배양육 햄버거 패티
(출처: 위키피디아 CC BY 3.0 @ World Economic Forum)

여 인공 음식이다. 대표적인 것이 실험실에서 동물의 근육 세포를 배양해 만든 고기인 인공 고기(배양육)이다. 배양육은 동물을 죽이지 않아도 고기를 먹을 수 있다고 하여, 일명 '청정 고기(clean meat)' 혹은 '실험실 고기(lab-grown meat)'라고 불린다.

비욘드미트(Beyond meat), 모사미트(Mosa Meat), 잇저스트(Eat Just), 업사이드푸드(Upside Foods, 구 멤피스미트(Memphis Meats))를 비롯한 전 세계 100여 개 기업에서 배양육을 개발하고 있다. 배양육을 가장 먼저 승인한 국가는 싱가포르로, 2020년 잇저스트의 실험실에서 배양한 닭고기의 판매를 승인했다. 한편 미국은 2023년 세계에서 두 번째로 업사이드푸드와 굿미트(Good Meat)의 배양 닭고기 생산 및 시판을 허가했다. 우리나라도 씨위드 등 몇 개 업체에서 배양육 개발에 박차를 가하고 있다.

현재의 육류 생산 방식은 지속할 수 없고 수많은 문제점을 초래한다는 지적이 많다. 따라서 육류 대체 식품에 관한 논의가 필요한 시점이라고 할 수 있다. 사실 배양육은 장점이 많다. 온실가스 배출을 현저히 줄일 수 있고 에너지를 훨씬 덜 쓴다. 그리고 물도 훨씬 적게 쓴다. 하지만 배양육을 비롯한 인공 음식이 세계 식량 문제의 해결 방안이 될지 아직은 불명확하다. 그리고 인공 음식에 대한 사람들의 높은 거부감도 극복해야 할 과제로 보인다.

2013년에 개봉한 영화 〈설국열차〉에서 꼬리 칸 사람들이 주로 먹었던 음식인 단백질 블록은 바퀴벌레로 만든 것이었다. 즉, 곤충 단백질이었다. 사실 곤충 단백질이야말로 환경 부담은 현저히 적고, 단백질 공급량은 돼지고기나 소고기보다 훨씬 더 높아 미래의 식량 대안으로 주목받고 있다고 한다. 현재 가장 환경친화적인 단백질 공급원이라고 할 수 있다.

영양주의의
함정

    근래 들어서 먹을거리의 개념이 크게 변하고 있는 듯하다. 원히든 원하지 않든, 우리에게 밀려오고 있는 변화의 물결을 피하기는 쉽지 않을 것이다. 과연 우리는 이러한 변화에 어떻게 적응하고 진화해 나갈까?

    바쁘게 살아가는 현대인이 마주한 잡식동물의 딜레마! 어떤 음식을 먹어야 나와 환경의 건강에 좋을까? '감탄고토(甘呑苦吐)'라는 말이 있다. 달면 삼키고 쓰면 뱉는다는 말이다. 우리 조상들에게는 성공적인 생존 전략이었겠지만, 지금은 상황이 많이 달라진 것 같다. 어쩌면 거꾸로 해야 할지도 모르겠다.

👤 음식 연구의 어려움

신선한 공기, 깨끗한 물, 그리고 최소한의 음식. 인간이 살아가려면 꼭 필요한 것들이다. 의식주 중에 가장 중요한 것은 역시 식(食)이다. 입지 않아도, 집이 없어도 살 수는 있지만, 먹지 않으면 살 수 없다. 음식은 생명의 본질적 요소 중 단연 으뜸이다. 하지만 영양분만 있으면 자라는 식물과 달리 사람은 음식만 공급된다고 살아갈 수 없다. 음식에는 그 이상의 어떤 의미가 있다.

마이클 폴란(Michael Pollan)은 음식 연구는 매우 어려운 분야라고 말한다. 그 첫 번째 이유는 플라세보 효과(placebo effect, 위약 효과) 때문이다. 실제 효과가 없어도 있는 것처럼 느끼는 사람이 있어서 문제가 생긴다. 전체 인구의 30% 정도는 어떤 경우에도 반응을 나타내는 '반응자(responder)'라고 한다.

두 번째 이유는 섭취량 결정이 매우 어렵기 때문이다. 음식 연구는 대부분 설문 조사에 의존한다. 그러나 일주일 전에 먹었던 음식의 종류나 지난 한 달 동안 먹었던 고기의 양을 정확히 기억하는 사람은 별로 없을 것이다. 《식품 정치(Food Politics)》를 쓴 매리언 네슬(Marion Nestle)은 "영양 분야에서 가장 거대한 지적 도전은 섭취량을 결정하는 것이다."라고 했다. "설문 조사를 하느니 차라리 쓰레기통을 뒤지는 게 낫다!"라고 말한 어떤 학자는 실제로 가정의 쓰레기통을 뒤지기도 했다. 쓰레기통에서 수거한 내용물을 조사한 결과는 조사 전에 한 질문에 대한 답변과는 매우 달랐다고 한다. 남들이 나쁘다고 얘기하는 것은 줄이고 싶고, 남들이 좋다고 하는 것은 늘리고 싶은 게 인지상정이니까.

세 번째 이유는 제로섬 효과(zero-sum effect) 때문이다. 어떤 시스템이나 사회 전체의 이익은 일정해서 한쪽이 이득을 보면 다른 한쪽은 손해를 보는 상황을 말한다. 음식 연구에서의 제로섬 효과는 어떤 음식을 많이 먹으면, 그만큼 다른 음식을 먹지 못하는 것을 가리킨다. 동물성 음식을 많이 먹는 집단은 대개 관상동맥질환과 암 발생률이 높다고 한다. 이 사람들은 동물성 음식이라는 나쁜 음식을 많이 먹어서 병이 생겼을까? 아니면 채소나 과일 같은 좋은 음식을 덜 먹어서 병이 생겼을까? 우리는 보통 특정 영양소, 예를 들면 지방의 섭취 열량이 감소하면 다른 영양소(탄수화물이나 단백질 등)의 섭취를 늘려서 열량을 맞추기 마련이다. 또 다른 변수가 도입된다고 할 수 있어서, 지방 감소에 의한 효과인지 아닌지 엄밀하게 결론짓기 어려운 상황이 될 수도 있다.

매리언 네슬은 영양소별로 접근하는 영양학의 문제점을 다음과 같이 지적했다.

"영양소에서 전체 음식의 맥락을 제거하고, 음식에서 전체 식사의 맥락을 제거하고, 식사에서 전체 생활을 제거한다."

이는 어떤 의미일까? 건강에 좋다고 알려진 식단 중 대표적인 것으로 지중해식 식단을 들 수 있다. 그런데 지중해식 식단의 이점을 밝힌 연구 결과는 1950년대 크레타섬에 살았던 사람들로부터 얻어졌다. 그들은 상대적으로 심장병이나 기타 암 발생률이 낮았다. 올리브유나 고기보다는 생선 등을 많이 먹었던 식단 외에도 전체적인 생활 방식이 지금의 우리와는 꽤 달랐다. 그들은 육체노동을 많이 했고, 그리스 성교회 신자들이 대부분이어서 단식도 자주 했다. 야생 잡초도 즐겨 먹었고, 총열량 섭취량이 현대인보다 적었다.

채식주의가 건강에 좋다는 연구 결과는 대부분 제7일 안식일 교회 신자들을 대상으로 한 연구에서 비롯되었는데, 이들 역시 술, 담배를 하지 않았고 규칙적으로 육체 활동을 했다. 포화지방 섭취량이 꽤 높지만, 심장병으로 인한 사망률이 낮다는 프랑스인의 역설 역시 프랑스인의 생활 습관을 제거하고 본다면 설명되지 않는다. 앞서 이야기했던 로세토 효과도 공동체 생활의 효과라고 할 수 있다.

마이클 폴란의 《행복한 밥상(In Defense Of Food)》에는 '건강 음식 강박증'이라는 용어가 나온다. 건강과 영양에 관해서 걱정하는 시간이 늘어날수록 오히려 전체적인 건강과 행복은 줄어들 수 있다는 것인데, 건강한 식사와 관련된 건강하지 못한 강박증을 가리킨다고 할 수 있다. 즉, 섭취하는 영양소의 종류에만 지나치게 신경 쓰는 것은 오히려 건강을 해칠 수 있음을 의미한다. 전체적인 식사 패턴이나 생활 양식의 중요성을 간과해서는 안 된다.

🧍 열량이란?

한밤중 치맥을 즐기고, 만족스러운 식사를 한 후에 티라미수 케이

크를 마음껏 먹다 보면 행복감이 물밀듯이 밀려오는 걸 느낀다. 하지만 지나친 열량 섭취로 인해 날이 갈수록 오른쪽으로 향하는 체중계 눈금을 보면 늘어나는 건 한숨뿐이다. 우리를 살찌게 만드는 음식의 열량이란 대체 무엇일까?

열량은 식품의 에너지를 나타내는 척도다. 킬로칼로리(kcal)로 표시하는데, 1kcal는 물 1kg의 온도를 1도 올리는 데 필요한 에너지의 양이라고 정의한다. 사실 개인에게 필요한 열량이 얼마인지 정하기는 상당히 모호하다. 미국에서 성인에게 권장하는 하루 열량 섭취량은 1964년까지는 남자 3,200kcal, 여자 2,300kcal였지만, 2020년대에는 남자 2,600kcal, 여자 2,000kcal로 줄어들었다. 우리나라에서는 하루에 남자는 2,500kcal, 여자는 2,000kcal 정도의 열량을 섭취할 것을 권장한다. 하지만 이 값은 키, 활동량, 생활 습관 등 여러 조건에 의해 얼마든지 변할 수 있다.

음식 섭취량을 결정하는 데 중요하게 사용되는 열량은 단점 또한 뚜렷하다. 무엇보다 그 음식이 몸에 좋은 효과를 내는지 그렇지 않은지를 전혀 구분하지 못한다. 예를 들어 당근에서 온 100kcal와 코카콜라에서 온 100kcal는 몸에 미치는 영향이 전혀 다르지만, 열량만으로는 그 사실을 알 수 없다. 그리고 견과류 같은 음식은 본래 열량보다 적은 양이 흡수되기도 한다. 예를 들면 아몬드는 먹은 열량의 75% 정도만 흡수되고 나머지는 그냥 배설되고 만다.

🧍 영양소란?

섭취하는 열량의 50%는 탄수화물, 30~35% 정도는 지방, 15~20% 정도는 단백질로 구성하는 것이 균형 잡힌 식단이라고 흔히들 얘기하지만, 실제로 이렇게 영양소를 비율대로 맞춰서 먹는 사람은 없다. 우리는 영양소를 먹는 게 아니라 음식을 먹기 때문이다.

영양소라는 개념은 19세기 초반에 등장했다. 영국의 의사이자 화학자인 윌리엄 프라우트(William Prout)가 단백질, 지방, 탄수화물이라는 3대 다량영양소의 존재를 발견했다. 그 후 유기화학의 창시자인 유스투스 폰 리비히(Justus von Liebig)가 세 가지 다량영양소에 미네랄(토양이나 물에서 나오는 무기물)을 합쳐서 동물 영양의 신비가 해결되었다고 선언했다. 리비히는 토양의 다량영양소인 질소, 인, 포타슘(비료의 3대 성분)을 발견하기도 했다.

영양소 얘기에는 비타민이 빠질 수 없다. 1522년 세계 최초로 세계 일주를 성공한 페르디난드 마젤란 탐험대의 대다수가 귀환하지 못했다. 그들의 사망 원인은 대부분 괴혈병이었다. 오랜 항해 동안 비타민 C를 보충하지 못한 탓이었지만, 당시에는 그 누구도 원인을 몰랐다. 감귤이 괴혈병에 특효가 있다는 사실을 1747년에 실험적으로 입증한 사람은 영국 해군의 의사로 근무했던 제임스 린드(James Lind)였다. 이후 캐시미어 풍크(Casimir Funk)라는 폴란드의 생화학자가 1912년에 비타민 개념을 제시했다.

옥수수는 크리스토퍼 콜럼버스를 통해 유럽에 전해졌다. 그런데 옥수수가 주식이 되자 펠라그라(pellagra)라고 하는 비타민 B_3 결핍증에 걸리는 서민들이 많아졌다. 남미 인디언들이 경험적으로 터득한 옥수수 속의 영양소를 효과적으로 추출해 먹는 방법을 콜럼버스가 유럽에 전하지 않았던 것이 그 이유였다. 일본군은 제2차 세계대전 동안 흰쌀을 주식으로 삼았는데, 흰쌀만 먹다 보니 비타민 B_1 결핍증, 즉 각기병(beriberi)에 걸린 병사가 많았다. 각기병, 펠라그라, 괴혈병 등은 특정 성분의 비타민을 공급하면 씻은 듯이 낫는다.

"물도 영양소예요?"라고 묻는 사람도 있겠지만, 물도 사람에게 꼭 필요한 6가지 필수 영양소의 하나이다. 우리는 보통 하루에 2~2.5리터의 물을 섭취하는데, 그중 절반 정도는 음식에 든 형태로 섭취한다. "하루에 물을 8잔씩 마셔야 한다."라는 말을 흔히 듣는데, 이런 믿음은 어디에서 온 것일까? 그 이유를 알려면 1945년 미국 식품영양위원회가 발표한 논문을 살펴봐야 한다. 이 논문에서는 사람들이 평균적으로 하루에 섭취하는 물의 양은 2~2.5리터라고 말했다. 하지만 사람들은 이를 필요 섭취량이라고 오해하게 되었고, 게다가 음식을 통해서 먹는 물 외에 추가로 이만큼의 물을 마셔야 한다고 생각했다. 물론 이를 뒷받침하는 과학적 근거는 전혀 없었다.

사실 개인에게 필요한 하루 물 섭취량을 객관적으로 정한다는 것은 매우 어려운 일이다. 먹는 음식의 수분 함유량, 나이, 성별, 활동량 등에 따라 개인의 물 권장 섭취량은 얼마든지 달라질 수 있다. 실제로 존 스피크먼 등은 2022년 《사이언스(Science)》지에 발표한 논문에서 하루에 8잔 혹은 2리터의 물을 마셔야 한다는 것은 과학적으로 적절하지 않다고 주장했다. 다만 물을 우리 몸에 필요한 양보다 조금 더 마신다고 해서 건강에 문제가 생기지는 않는다고 한다. 그러나 단시간에 물을 너무 많이 섭취하면 생명이 위험해질 수도 있다.

👤 좋은 영양소와 나쁜 영양소 그리고 영양주의

앞서 언급한 비타민 관련 사례들은 영양소의 중요성을 알게 된 계기가 되었다고 할 수 있는데, 여기에서 영양소를 중시하는 영양주의 (nutritionism)가 그 명성을 얻게 됐다. 영양주의는 호주의 사회학자 조르지 스크리니스(Gyorgy Scrinis)가 처음 사용한 용어이다. 영양주의에서는 '음식을 이해하는 열쇠는 영양소'라고 주장한다. 즉, 음식은 본질적으로 영양소라는 부분들의 합이라고 보는 견해이다. 환원주의적인 관점에서 접근하면, 음식의 영양소를 분해해서 다시 합치면 원래 음식이 될 수 있다는 주장이다. 음식에도 환원주의가 적용될 수 있을까?

영양주의에서 주장하는 바를 살펴보자. 첫째, 영양주의에서 중요한 것은 음식이 아니라 영양이라고 말한다. 둘째, 영양은 과학자들 말고는 누구도 볼 수도, 알 수도 없으니 무엇을 먹을지 결정하는 데 전문가들의 도움이 필요하다는 것이다. 셋째, 식사는 육체적 건강이라는 협소한 목표를 충족하기 위한 것이라고 말한다. 그렇기에 인간이 음식을 먹는 것은 생물학적인 문제이므로 과학적으로, 즉 영양

법칙에 따라 전문가의 지시 아래 식사를 해야만 건강을 향상할 수 있다는 주장이다.

마이클 폴란은 《행복한 밥상》에서 이런 영양주의에 강력한 비판을 가한다. 그는 현대 영양주의의 역사는 다량영양소인 탄수화물, 지방, 단백질 간에 일어났던 전쟁의 역사라고 했다. 단백질이 탄수화물을 공격했는가 하면 탄수화물이 단백질을 공격했고, 다음에는 지방이 등장해서 탄수화물을 공격했다는 것이다. 가끔은 비타민이나 미네랄 등도 등장했다. 한때는 단백질이나 지방이 악당이었지만, 지금은 탄수화물이 그 자리를 이어받은 것으로 보인다. 즉, 시대에 따라서 나쁜 영양소와 좋은 영양소가 나뉘어 있었다는 이야기이다. 전형적인 단선적 사고방식이라 할 수 있다. 채소나 과일을 많이 먹으면 암이나 심장질환 예방에 도움이 되지만, 거기서 활성 성분으로 생각되는 것을 분리해서 약으로 먹는다면 효과가 없다고 한다. 그렇기에 음식을 골고루 먹어 몸에 좋은 성분끼리 상승 작용을 하게 만드는 것이 음식의 동반 상승효과(synergy)이다. 적극적 환원주의 관점에서 영양소를 분리하고 정제, 추출해서 먹는 것과 음식 자체를 먹는 것은 분명 다른 행위이다.

시대에 따라 달라지는 좋은 영양소와 나쁜 영양소에 대해 알아보자. 많은 사람이 좋은 영양소로 알고 있는 단백질이 19세기에는 모든 악의 근원이라고 여겨진 적도 있었다. 동물 단백질은 특히 더 배척하는 경향이 있었다. 20세기 중후반에는 지방(특히 포화지방)을 악한 영양소로 취급했다. 21세기에 와서는 탄수화물, 특히 흰쌀, 흰 밀, 흰 설탕 등 3백(白) 식품 같은 정제된 탄수화물이 악의 축으로 취급받고 있다. 반면 오메가-3라는 불포화지방산과 섬유소는 구원의 영양소라고 말한다.

그런데 아보카도는 지방 함량이 높아서 피해야 할 식품일 수도 있지만, 단불포화지방이 풍부한 유익한 식품일 수도 있다. 불포화지방이 많은 마가린은 어떨까? 마가린은 나폴레옹 3세가 비싼 버터 값으로 고생하는 서민들을 위해서 화학자에게 요청해 만든 일종의 화학적 버터이다. 초창기에는 맛이 없어서 인기가 없었지만, 유니레버(Unilever)사가 넘겨받은 후 현재와 같은 마가린으로 재탄생했다. 불포화지방이 많아서 초기에는 버터보다 훨씬 더 우수한 식품으로 인정받았으나 최근에는 트랜스 지방(식물성 기름에 수소 등 첨가물을 넣어 고체 상태로 만든 경화유)이 많은, 그야말로 나쁜 식품으로 여겨지고 있다. 영양주의 측면에서 본다면 마가린은 변신이 자유로운 식품이다. 콜레스테롤을 낮출 수도 있고, 트랜스 지방을 제거할 수도 있으니까. 마가린을 필요에 따라 정체성을 바꾸는 영양주의 식품의 결정판이라고 말하는 사람도 있다.

그러니 영양소에 너무 집착하는 것은 건강한 식사라고 할 수 없을 것이다. 음식을 하나의 전체적인 시스템으로 바라보는 것이 바람직한 태도가 아닐까?

지방은 왜
나쁜 영양소가 되었나?

　3대 영양소 중 하나인 지방은 우리 몸의 기본적인 에너지원 중 하나이다. 필요할 때 쓸 수 있도록 잉여 에너지를 저장한다. 지방은 인체 구성 성분 중에서 약 20~25% 정도를 차지하며, 체온 조절에 관여하고 우리 몸을 보호하는 쿠션 역할도 해 준다. 특정 비타민을 흡수하는 데 필요하기도 하고 스테로이드호르몬의 원료로도 사용된다.

　그런데 '지방' 하면 무슨 생각이 가장 먼저 떠오르는가? 날씬함의 적? 나를 살찌게 하는 것? 성인병을 유발하는 영양소? 건강을 망치는 공공의 적? 대체로 지방에 대한 우리의 인식은 별로 좋지 않아 보인다. 따라서 건강을 지키려면 지방 섭취를 줄이라는 말을 흔히 듣게 된다. 왜 이렇게 지방은 나쁜 영양소가 되었을까? 사실 지방만큼 논란의 여지가 많았던 영양소는 없었다.

　'지방 중독'이라는 말도 흔히 듣는다. 정말 중독이 될까? 지방 함량을 높이면 폭식 현상이 나타나긴 하지만 내성이나 금단 증상은 나타나지 않는다. 즉, 중독의 기준에는 맞지 않는다. 고지방 음식보다는 '고지방+고설탕' 음식의 중독 가능성이 훨씬 너 높다.

들어가기에 앞서 재미난 문제 한 가지!

"만약 외딴섬에서 혼자 1년간 살아야 하고, 물과 한 가지의 음식만 가져가야 한다면, 옥수수, 자주개자리(알팔파), 핫도그, 시금치, 복숭아, 바나나, 초콜릿 우유 중에서 어떤 음식을 가져갈 것인가? 건강과 생존에 가장 도움이 될 것 같은 음식 한 가지를 골라 보라."

이 중 어떤 음식을 골라서 가져가야 무인도에서 그나마 살아남을 수 있을까? 답은 나중에!

👤 Hold the eggs and butter!

1984년 3월 26일 자 《타임》지에 〈Hold the eggs and butter(달걀과 버터는 빼라)〉라는 제목의 기사가 실렸다. 이 기사는 "콜레스테롤은 치명적이라는 것이 입증되었으며, 우리의 식생활은 이전과 같을 수 없으리라."라는 예측도 함께 내놓았다. 콜레스테롤이 나쁜 영양소임을 만천하에 알린 것이다. 정말로 콜레스테롤은 건강에 나쁠까? 그렇다면 콜레스테롤 제로 음식은 건강에 좋을까? 우리는 흔히 "이 음식은 몸에 좋아. 이 음식은 몸에 나빠."라고 이야기한다. 이것이야말로 단순한 이분법적 사고라고 할 수 있다. 정말 좋은 음식을 많이 먹고 나쁜 음식은 조금 먹으면 오래 살고 살도 빠질까?

👤 지질 가설의 등장

초반에 얘기한 바와 같이 미국의 비만율은 1980년대에 급증했다. 무슨 일이 있었던 걸까? 그중 하나는 리처드 닉슨 대통령이 시행한 정책이었다. 닉슨 대통령은 식품 가격의 폭등을 막고자 저렴한 가격에 대량의 열량을 공급할 수 있는 정책을 채택했다. 이를 위해 옥수수나 콩, 밀 등의 작물을 재배할 것을 장려했다. 실제로 미국인의 평균 섭취 열량은 1977년 1,800kcal에서 2006년 2,370kcal로 570kcal나 증가했다. 두 번째로 액상 과당(high fructose corn syrup, 고과당 옥수수 시럽) 소비가 급증했다.〈그림 4-4〉 1960년대에 일본인 화학자가 개발한 액상 과당은 일본에서는 인기가 없었지만, 미국인에게는 중요한 당의 공급원으로 자리 잡았다. 아울러 이 시기에 마가린 소비가 증가했다.〈그림 4-5〉 1958년에 버터와 마가린의 소비가 역전되기 시작했고 마가린 소비량은 1976년 절정에 달했다.

그리고 미국 저지방 운동의 이론적 토대가 되었던 지질 가설(Lipid hypothesis)이 등장했다. 지질 가설을 제기한 사람은 미국의 생리학자 앤셀 키스(Ancel Keys)였다. 그는 '7개국 연구(Seven Countries Study)'에

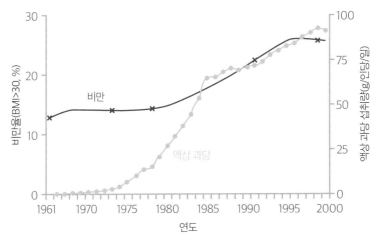

그림 4-4. 미국의 액상 과당 소비량과 비만율의 변화

그림 4-5. 미국의 1인당 연간 버터, 마가린 소비량의 변화

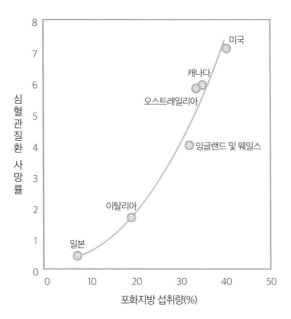

그림 4-6. 앤셀 키스의 '7개국 연구'

서 포화지방 섭취량과 심혈관질환으로 인한 사망률(1,000명당 사망자
수)을 비교했다.〈그림 4-6〉 미국, 캐나다, 오스트레일리아, 잉글랜드, 웨
일스는 포화지방 섭취량이 매우 많았고, 심혈관질환으로 인한 사망
률도 굉장히 높았다. 반면 이탈리아와 일본은 포화지방 섭취량이 적
었고, 심혈관질환으로 인한 사망률도 낮았다.

또한 제2차 세계대전 중에는 심장질환 발병률이 감소했는데, 전
쟁이 끝나자마자 다시 증가했다. 하지만 채식 위주의 전통 식단을
따르던 나라들에서는 매우 낮은 심혈관질환 발병률이 관찰되었다.

비만 권하는 사회에서 살아남기

앤셀 키스는 이로부터 고기와 유제품에서 비롯되는 지방과 콜레스테롤의 소비 증가가 20세기에 심혈관질환이 급증한 원인이라고 지적하는 지질 가설을 발표했다. 미국심장협회도 이 가설을 받아들여 포화지방과 콜레스테롤이 낮은 식사를 하도록 권장했다. 그런 식사가 더 건강한 식사라고 말이다. 포화지방보다는 불포화지방을 먹으라고 권장했다. 즉, 동물성 포화지방(버터나 치즈)보다는 식물성 불포화지방(마가린)을 먹으라고 한 것이다.

👤 〈미국을 위한 식생활 목표〉와 저지방 운동의 확산

1977년 조지 맥거번(George McGovern) 미국 상원 의원이 위원장으로 있던 '영양과 인간의 욕구에 관한 상원 특별위원회(United States Senate Select Committee on Nutrition and Human Needs)'에서는 당시 증가하고 있던 심장질환, 암, 비만, 당뇨병 등 음식과 상관이 있다고 여겨지는 만성 질환 문제와 관련하여 청문회를 개최했다. 논의 끝에 위원회는 결국 지질 가설의 권고를 받아들여 〈미국을 위한 식생활 목표(Dietary Goals for the United States)〉를 채택했다.〈그림 4-7〉 아마도 이것은 국민의 식생활에 관한 최초의 정부 권고안일 것이다.

위원회에서 처음에 제시했던 권고안은 간단했다. "붉은 고기와 유제품의 소비를 줄이자!" 즉, 고기와 우유를 덜 먹자는 것이었다. 하지만 이 권고안은 소고기 로비 단체와 낙농업 단체의 강력한 반대에

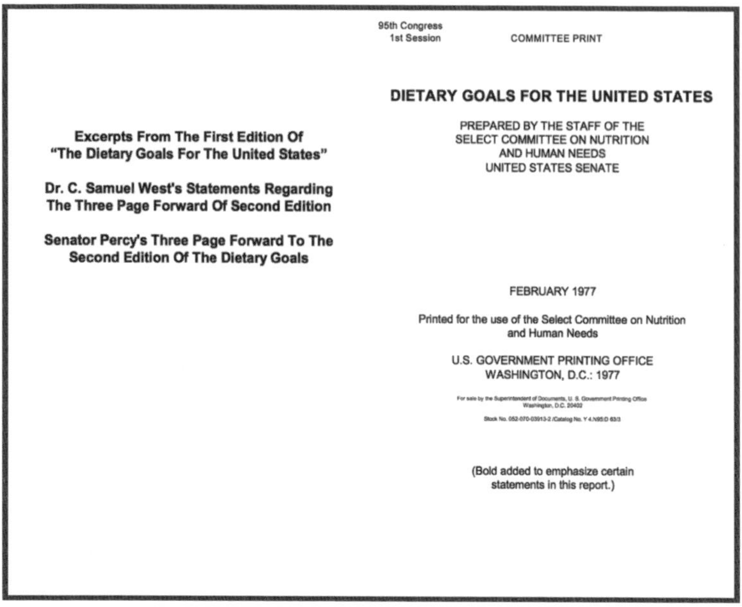

그림 4-7. 국민 식생활에 관한 최초의 정부 권고안 <미국을 위한 식생활 목표>

부닥쳤다. 따라서 위원회는 음식에 대해 직접적으로 언급하는 대신 아주 교묘한 말재주로 타협할 수밖에 없었다. 그리하여 나온 권고안 은 "포화지방 섭취를 줄여 줄 수 있는 고기, 가금류, 생선을 택하라." 였다. 포화지방 말고 다른 형태의 지방을 먹으라는 이야기였다. 사람 들은 이를 "불포화지방은 많이 먹어도 되겠네." 또는 "저지방 식품 은 많이 먹어도 되겠네."라고 받아들였다.

이때부터 전 세계적으로 저지방 운동이 널리 퍼졌다. 각종 저지방 및 무지방 가공식품이 유행했다. 그런데 가공식품에서 지방을 빼면

비만 권하는 사회에서 살아남기

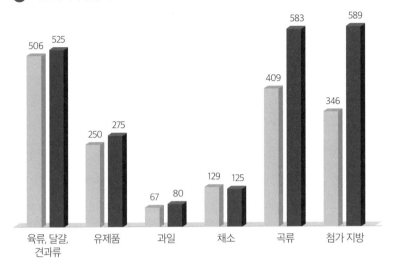

그림 4-8. 식품군별 미국인의 하루 평균 섭취 열량의 변화 비교
(출처: USDA 경제연구서비스국 통계자료, 퓨 연구센터)

그 맛이 어떨까? 형편없다고 한다. 어떤 사람은 골판지를 씹는 듯한 느낌이었다고 표현했다. 가공식품의 맛은 포기할 수 없는 최후의 가치이다. 그러면 이 문제를 어떻게 해결했을까? 바로 설탕이다. 그때부터 가공식품에 설탕을 많이 넣기 시작했다. 그렇게 설탕을 비롯한 정제 탄수화물의 섭취가 급증했다. 동물성 포화지방 섭취는 감소했지만, 다른 지방(식물성 불포화지방) 섭취는 오히려 증가한 것이다.

1970년경과 2010년경의 식품군별 미국인의 하루 평균 섭취 열량을 비교한 미국 농무부의 자료를 살펴보자.〈그림 4-8〉 육류, 달걀, 견과류, 유제품, 과일, 채소 등의 섭취량은 별 변화가 없었지만, 곡류와 첨가 지방의 섭취량은 큰 폭으로 증가했다. 늘어난 곡류의 대부분은 정제 탄수화물이었다. 버터 등 동물성 포화지방은 식물성 유지로 대체되었다. 특히 1인당 연간 식물성 유지 소비량은 1970년 6.8kg에서 2009년 27kg으로 4배나 늘었다. 1980년 이후로 늘어나던 총 섭취 열량은 2000년 이후 감소 추세로 돌아섰음에도, 식물성 유지 섭취량만은 꾸준히 증가했다.

저지방 운동의 영향은 어땠을까? 저지방 운동이 시작된 시기부터 비만 인구가 2배 이상 급증했고 당뇨병 환자 역시 급증했다. 심장질환 발생률은 줄어들지 않았고 별다른 영향이 없었다. 따라서 미국의 비만 위기가 시작된 시기는 정부의 권고안에 따라 국민의 식단에 커다란 변화가 생긴 시점과 일치한다. 저지방 운동의 토대가 된 지질 가설이야말로 잘못된 과학 이론이 사회에 적용된 하나의 예이며, 많은 부작용을 낳은 것으로 여겨진다.

무너진 지질 가설

사실 당시만 해도 저지방 운동의 과학적 근거는 매우 미약했다. 앤셀 키스의 '7개국 연구'는 사실 7개 나라가 아니라 22개 나라를 조사한 연구였다.(그림 4-9) 그런데 그는 자신의 이론을 입증하는 데 도움이 되는 데이터만 채택했다. 예를 들어 프랑스와 독일은 포화지방

나라

1. 오스트레일리아
2. 오스트리아
3. 캐나다
4. 스리랑카
5. 칠레
6. 덴마크
7. 핀란드
8. 프랑스
9. 독일
10. 아일랜드
11. 이스라엘
12. 이탈리아
13. 일본
14. 멕시코
15. 네덜란드
16. 뉴질랜드
17. 노르웨이
18. 포르투갈
19. 스웨덴
20. 스위스
21. 잉글랜드 및 웨일스
22. 미국

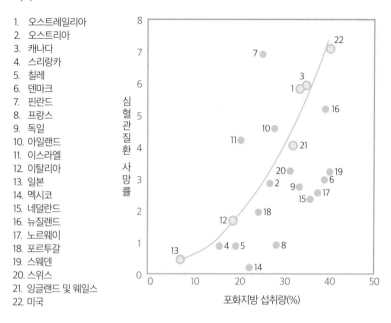

그림 4-9. 22개 나라의 데이터를 모두 넣어 도출한 결과

을 많이 섭취하는 나라지만, 심혈관질환 사망률은 낮았다. 프랑스와 독일은 인구가 많은 나라였으나 연구 결과에 포함되지 않았다. 만약 22개국의 결과를 전부 포함했다면 포화지방 섭취와 심혈관질환 간의 의미 있는 상관관계를 얻지 못했을 것이다.

앤셀 키스는 자신의 연구로 인해 사람들이 해를 입으리라는 생각은 하지 못했다. 좋은 의도를 가지고 행한 연구가 때로는 의도치 않은 결과를 낳기도 한다. '7개국 연구'의 결과는 사실이었지만, 그는 자신의 주장을 뒷받침하는 결과만 선택하는 우를 범했다. 앤셀 키스의 연구는 결국 많은 사람의 건강을 해치는 결과를 초래했다.

그 후에도 저지방 운동의 과학적 근거를 찾으려는 노력이 이어졌다. 미국 국립보건연구원은 4억 1,500만 달러를 지원해서 50~79세 여성 4만 9천여 명이 저지방 식단을 채택했을 때 유방암, 결장암, 심혈관질환의 위험에 미치는 영향을 1993년부터 8년간 추적 관찰했다. 2006년에 그 결과가 발표됐는데, 발병률에 유의한 차이가 없었다. 즉, 저지방 식단은 질병 예방에 별다른 효과가 없었다는 것이다.

저지방 식단이 건강한 식단이라고 권장했던 학자들도 지질 가설이 잘못됐음을 인정할 수밖에 없었다. 2001년 프랭크 후(Frank B. Hu) 등 하버드대학교 연구진이 발표한 〈지방의 종류와 관상동맥질환의 위험: 비평적 개관〉이라는 논문에는 다음과 같은 내용이 담겨 있다.

"저지방 운동은 과학적 근거에 거의 기반을 두지 않고 있으며, 대중 건강에 의도하지 않은 영향을 미쳤다는 것이 점차 사실로 확인되고 있다."

"식사에 포함된 포화지방의 양은 심장질환의 위험과 연관성이 있다고 해도 미미한 수준일 뿐이다."

즉, 우리가 알고 있던 것과 달리, 포화지방이 나쁘다는 확실한 근거는 없다는 것이다. 하지만 트랜스 지방은 몹시 나쁜 것이었다. 트랜스 지방은 심혈관질환과 강력한 연관 관계가 있었다. 트랜스 지방을 많이 섭취하면 관상동맥질환의 위험이 증가한다. 나쁜 콜레스테롤인 LDL 콜레스테롤을 증가시키고 좋은 콜레스테롤인 HDL 콜레

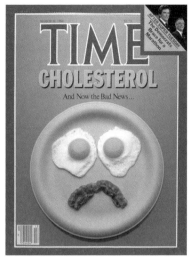

그림 4-10. 콜레스테롤의 해악을 보도한 1984년 3월 26일 자 《타임》지(왼쪽)와 포화지방은 심장질환과 관련이 없다는 기사가 실린 2014년 6월 12일 자 《타임》지(오른쪽)

스테롤은 감소시켰다. 중성지방을 증가시켰고 염증 반응과 혈전 형성을 촉진했다. 이게 바로 마가린에 많이 들어 있던 지방이며, 예전에 학자들이 섭취하라고 권장했던 식물성 불포화지방이다. 결국 미국 식품의약국(Food and Drug Administration, FDA)은 2018년 트랜스 지방을 식품 원료로 사용하는 것을 금지했다. 우리나라에서는 트랜스지방의 비율을 식품의 지방 함유량 중 5% 이내로 제한할 것을 권고하고 있다.

2014년 《타임》지는 포화지방은 심장질환과 관련이 없다는 기사를 실어 지방의 죄를 사했다.〈그림 4-10〉

👤 하지만 아직도 우리 곁에 남아 있는 지질 가설

학자들이 이렇게 지질 가설이 틀렸음을 인정했음에도 정부 차원의 공식적인 발표나 사과는 없었다. 그리하여 여전히 지질 가설을 따르고 저지방 식품의 효과를 믿는 사람들이 꽤 있다. 앞서 냈던 문제에서도 이를 알 수 있다.

"외딴섬에 옥수수, 자주개자리(알팔파), 핫도그, 시금치, 복숭아, 바나나, 초콜릿 우유 중 어떤 것을 가져가야 건강과 생존에 가장 도움이 될까?"

흥미롭게도 동서양과 나이를 막론하고 가장 적게 선택한 식품 두 가지가 있었다. 바로 핫도그와 초콜릿 우유였다. 아마도 다른 음식보다 이 두 음식에 지방이 더 많아서이지 않을까? 사실 물과 한 가지의 음식만 가져가야 한다면 핫도그나 초콜릿 우유가 생존에 가장 도움이 될 것이다. 하지만 사람들은 여전히 지방이 많다는 이유로 이 음식들을 꺼린 것이다.

지질 가설은 난파선이다. 이미 지질 가설의 효용성은 사라졌다. 하지만 우리는 아직도 지질 가설의 영향 아래 있는 것으로 보인다.

앤셀 키스와 비슷한 시기에 그의 견해에 반대 의견을 제시한 존 유드킨(John Yudkin)이라는 사람이 있었다. 1957년부터 꾸준한 연구를 통해 설탕의 영향을 밝혀 온 유드킨은 1972년 그의 책 《설탕의 독(Pure, White and Deadly)》에서 설탕의 해악을 강력하게 고발했다. 그는 최근 200~300년간 인류의 식생활에서 일어난 가장 큰 변화는 설탕 섭취의 증가라고 지적했다. 유드킨은 설탕 섭취 증가야말로 인류가 맞닥뜨린 비만과 만성 질환의 주된 원인이라고 주장했다. 그는 "이미 설탕의 영향으로 알려진 작용 중에 극히 작은 일부라도 다른 식품첨가물에서 발견된다면 아마 그 물질은 즉각 사용이 금지될 것"이라고 말했다. 큰 주목을 받았던 그의 연구는 설득력이 충분했지만, 설탕 업계의 대규모 로비로 인해 설탕 대신 지방이 심장질환의 원인으로 지목되었다. 앤셀 키스의 견해 대신 유드킨의 주장이 받아들여졌다면 세계의 역사는 달라졌을 수도 있다.

설탕의
배신

"혹시 단것 좋아하세요?"라는 질문을 받으면 많은 사람이 "네!" 하고 대답할 것이다. '단것' 하면 떠오르는 이미지는 달콤하다, 행복하다, 사랑스럽다, 기분이 좋다, 스트레스가 해소된다 등등 긍정적인 경우가 많다. 그래서 그런지 주변에서 "나는 단것 없이는 못 살아요!" 하는 사람을 흔히 볼 수 있다. 하지만 일부 사람들은 단것 하면 충치, 살찌는 것, 건강에 안 좋은 것 등의 나쁜 이미지를 떠올리기도 한다.

오늘도 우리는 오후 3~4시쯤이 되면 어김없이 "아, 당 떨어지네!" 하면서 설탕이 듬뿍 들어간 달콤한 간식을 찾는다. 단 음식을 먹으면 잠시나마 기분이 좋아진다. 그 이유는 설탕이 쾌락 중추에 작용해서 도파민을 높이기 때문이다.

그런데 우리나라 정부는 2016년 설탕과의 전쟁을 선포했다. '하루에 각설탕 16.7개 이하로 섭취량을 제한하겠다'라는 목표를 세우고 '당류 저감 종합계획'을 발표했다. 정부까지 나서서 국민의 설탕 섭취량을 제한하겠다고 한 이유는 무엇일까? 두말할 것도 없이 지나친 설탕 섭취는 건강에 악영향을 미치기 때문이다. 가공식품의 당류 섭취가 10% 이상이면 비만은 1.4배, 고혈압은 1.7배, 당뇨병은 1.4배 정도 발병률이 증가한다. 따라서 정부에서는 당류 섭취를 10% 미만으로 줄이자는 목표를 세우고 이를 실행하고자 노력하고 있다.

한때는 슈퍼 푸드로 칭송받던 설탕은 오늘날 왜 공공의 적이 되었을까? 달콤하기 그지없는 설탕은 우리를 어떻게 배신했을까?

👤 우리는 왜 단맛에 끌릴까?

설탕이 부족하고 귀했던 16~17세기 유럽에서 설탕은 만병통치약으로 통했다. 즉, 음식이 아니라 의약품으로 쓰였다. 신학자 토마스 아퀴나스는 "설탕은 음식이 아니라 의약품이기 때문에 금식 기간에 설탕을 먹어도 계율을 깨뜨리는 것은 아니다."라고 말했다. 사실 말이 안 되지만 당시에는 설탕을 의약품으로 여겼기에 이렇게 이야기했을 것이다. 그래서 그런지 아퀴나스는 매우 비만했다고 전해진다.

아기도 단맛을 상당히 좋아할 정도로, 단것을 좋아하는 것은 우리의 본성이다. 단맛이야말로 맛의 기본이므로 우리는 단맛을 내는 포도당에 끌린다. 포도당은 우리 몸의 세포들이 가장 좋아하는 에너지원이기도 하다. 따라서 단맛은 인류의 삶에서 필수 불가결한 요소였다. 하지만 불과 몇백 년 전만 해도 설탕은 먹고 싶다고 해서 마음대로 먹을 수 없었다. 구하기가 매우 어려웠으니 말이다.

👤 설탕 소비의 극적인 증가

설탕 소비량 증가는 우리 인류의 식생활에서 일어난 가장 크고도 급격한 변화였다. 그 단적인 예를 영국에서 볼 수 있다.〈그림 4-11〉 19세기 말 영국에서는 수입 설탕에 대한 관세가 철폐되면서 설탕 가격이 반값으로 하락했다. 그에 따라 영국인이 설탕으로부터 얻는 열량이 큰 폭으로 증가했다. 존 유드킨이 1963년에 발표한 바에 따르면, 그 당시 영국인들은 200년 전 조상들이 1년 동안 섭취했던 양의 설탕을 단 2주 만에 먹어 치웠다. 영국인의 설탕 섭취량은 160여 년간 급증했다고 알려져 있다. 그 이유는 바로 설탕값이 싸졌기 때문이었다. 설탕 0.5kg의 가격은 13세기에는 달걀 360개에 달했지만, 20세기 초반에는 불과 달걀 2개면 살 수 있었다. 생산량도 엄청나게 증가했다. 1820년대에 10년간 생산했던 양을 1920년에는 하루면 생산할 수 있었다.

미국의 1인당 연간 설탕 소비량은 19세기 초부터 꾸준하게 증가하다가 1920년대부터 1980년대까지 안정세를 유지했다.〈그림 4-12〉 하지만 일정하게 유지되던 설탕 소비량은 정부의 〈미국을 위한 식생활

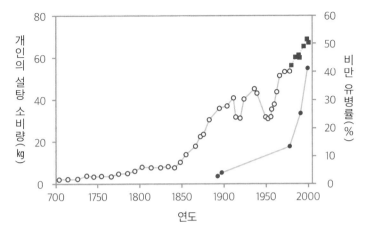

그림 4-11. 영국인의 설탕 소비 변화

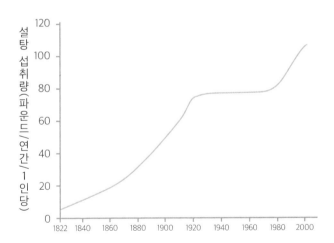

그림 4-12. 미국인의 설탕 소비 변화

목표〉가 나온 직후인 1980년대에 갑자기 다시 증가하기 시작했다. 저지방 운동이 본격적으로 펼쳐졌던 이 시기에 설탕 가격이 평균 2배가량 올랐음에도 불구하고 소비량 증가는 멈추지 않았다. 1인당 연간 설탕 소비량은 1980년 36.2kg에서 2005년 45.3kg으로 늘었다.

우리나라에서의 변화는 더 극적이었다. 우리나라는 개항 직후인 1885년 설탕의 국내 총소비량이 64.2톤에 불과했다. 당시 인구수로 나눠 보면 1인당 소비량은 연간 약 3.6g이었다. 일부 부유층을 제외하고 보통 사람은 거의 설탕을 먹지 못했다고 해도 무방할 것이다. 하지만 2009년 설탕 총소비량은 133만 톤으로 늘어났다. 한 사람당 연간 27kg의 설탕을 섭취한 셈이다. 120여 년의 세월 동안 설탕의 총소비량은 무려 2만 배, 1인당 소비량은 7,500배 증가했다. 설탕은 더는 희귀한 약재나 사치품이 아닌 생활필수품으로 바뀌었고, 누구나 설탕을 식재료로 쓰며 일상에서 부담 없이 소비하게 되었다.

설탕을 쉽게 접하게 되면서 우리 몸은 끊임없이 밀려드는 포도당의 집중 공세에 시달려야 했다. 아울러 예전과 비교해 훨씬 많아진 과당의 공격에도 대처할 필요가 있었다. 자당(sucrose)이라고 부르는 설탕은 포도당 한 분자와 과당 한 분자로 이루어진 탄수화물의 하나이기 때문이다. 포도당이나 과당 같은 단당류와 설탕 같은 이당류를 통틀어 단순당이라고 한다. 반면에 복합당은 3개 이상의 당이 모인 녹말이나 식이섬유 같은 다당류를 가리킨다.

설탕은 열대지방에서 자라나는 사탕수수와 온대지방에서 자라나는 사탕무에서 얻은 천연 당즙에서 추출한 물질이다. 사탕수수와 사탕무를 정제하는 과정에서 비타민이나 미네랄 같은 영양소는 대부분 사라지고 에너지를 내는 열량만 남는다. 그래서 설탕을 '빈 열량(empty calorie)' 음식이라고 부르기도 한다.

🧍 혈당 롤러코스터와 인슐린 롤러코스터

목마를 때 마시는 콜라 한 잔. 생각만 해도 시원하다. 그런데 콜라에는 알고 보면 설탕이 꽤 많이 들어 있다. 코카콜라 350mL 캔 하나에 든 설탕은 39g이다. 이는 하루에 섭취하는 총열량 중 첨가당(가공식품에 들어간 당분)이 차지하는 비율을 5% 이내(설탕 약 25g에 해당)로 제한하라는 WHO의 권고량을 훌쩍 뛰어넘는 양이다.

가당 음료를 마시면 설탕을 가루 형태로 먹을 때보다 더 쉽게 섭취할 수 있다. 이렇게 탄수화물을 액체 형태로 섭취하면 고체 형태로 먹는 것보다 포만감이 덜하다. 그러니 가당 음료를 먹고 밥을 먹어도 식사에서 포만감을 느끼는 데 필요한 음식의 양은 줄어들지 않는다. 피자를 먹을 때 콜라와 함께 먹었다고 해서 피자를 덜 먹지는 않듯이, 한마디로 열량만 더하는 꼴이다.

설탕은 우리가 평소에 많이 먹는 정제 탄수화물의 주성분이다. 현대인은 어려서부터 흰 빵, 아이스크림, 케이크, 가당 음료, 초콜릿, 사탕, 젤리, 과자 등 엄청난 양의 설탕이 들어간 음식을 먹어 왔다. 그런데 설탕을 비롯한 정제 탄수화물은 왜 문제가 될까?

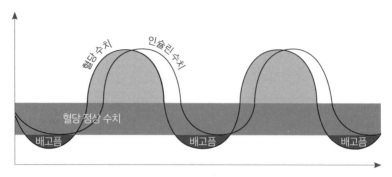

그림 4-13. 혈당 롤러코스터와 인슐린 롤러코스터

영양학 분야는 논란거리가 많은 분야이긴 하지만 영양학자 대부분은 "정제 탄수화물의 지나친 섭취는 건강에 해롭다."라고 일관되게 지적하고 있다. 정제 탄수화물은 혈당 지수(glycemic index, 음식에 들어 있는 탄수화물이 얼마나 빨리 흡수되어 포도당으로 바뀌는지를 측정한 수치)가 높다. 혈당 지수를 보면 음식마다 혈당을 얼마나 빨리 올리는지 알 수 있다. 포도당을 100으로 하여 기준으로 삼는데, 70 이상이면 혈당 지수가 높은 음식(가공식품, 아이스크림, 비스킷 등)이고, 50 이하면 혈당 지수가 낮은 음식(통곡물, 채소, 과일 등)이다.

혈당 지수가 높은 음식은 '혈당 롤러코스터'를 일으킨다. 즉, 혈당 수치가 갑자기 올라갔다가 갑자기 떨어진다. 또 혈당 롤러코스터는 '인슐린 롤러코스터'를 부른다.〈그림 4-13〉 췌장의 베타 세포에서 만들어지는 인슐린은 혈당이 오를 때 분비되는 호르몬이다. 간과 근육, 지방 세포가 혈액에 있는 포도당을 흡수하도록 신호를 보내 혈당을 낮추는 역할을 한다.

혈당이 급증하면 인슐린 수치가 급격히 올라가고, 그에 따른 혈당의 급락은 인슐린의 갑작스러운 감소를 불러온다. 이런 현상은 혈당 수치가 정상 수준을 벗어날 가능성을 높인다. 혈당이 지나치게 떨어지면 기운이 없고 쉽게 배고파진다. 그럼 또다시 혈당 지수가 높은 정제 탄수화물로 만든 음식을 찾게 될 수밖에 없다. 이런 음식은 먹자마자 힘이 나니까 말이다.

🧍 악당은 과당!

설탕을 먹었을 때 우리 몸에서 벌어지는 일을 살펴보자. 설탕은 몸속에 들어오면 포도당과 과당으로 분해되는데, 이 두 가지는 식욕을 조절하는 호르몬인 렙틴과 그렐린(ghrelin)에 매우 다른 영향을 미친다. 지방 세포에서 만들어지는 호르몬인 렙틴은 몸무게가 늘면 지방 세포가 커지면서 분비가 증가한다. 렙틴은 뇌의 시상하부에 있는 포만 중추에 신호를 보내 식욕을 억제하고 우리 몸의 에너지 소비를 늘린다. 위에서 만들어지는 배고픔 호르몬인 그렐린은 렙틴과 정반대 역할을 한다. 혈당 수치가 정상 수준 아래로 떨어지고 위가 비어 허기가 지면 그렐린 분비가 늘어난다. 그렐린이 증가하면 우리는 뭔가가 먹고 싶어진다.

포도당을 먹었다고 생각해 보자. 혈당 수치가 증가하면 췌장의 인슐린 분비가 증가한다. 지방 세포에서 만들어지는 렙틴 분비도 증가한다. 반면 위에서 만들어지는 그렐린의 분비는 감소한다. 인슐린은 혈당을 낮추는 호르몬, 렙틴은 식욕을 억제하는 호르몬, 그렐린은 식욕을 증가시키는 호르몬이다. 즉, 포도당 농도가 증가하면 인슐린이 분비돼 혈당이 떨어지고, 렙틴은 증가하고 그렐린은 감소해 식욕이 떨어진다는 말이다. 이 과정은 우리의 정상적인 식욕 조절 기능과 체중 유지 조절 기능이 아주 잘 작동하고 있음을 말해 준다.

반면 과당은 인슐린과 렙틴, 그렐린에 미치는 영향이 포도당과는 아주 다르다. 과당은 혈액 속 농도가 높아져도 인슐린이 분비되도록 자극하지 않는다. 그렐린과 렙틴 분비도 과당을 먹기 전과 비교해 별다른 변화가 없다. 즉, 과당이 든 음식을 먹어도 식욕은 잘 억제되지 않는다는 말이다. 따라서 과당은 식욕 조절과 체중 유지 조절 기능을 교란한다고 할 수 있다.

그뿐만 아니라 포도당과 과당은 간에서 대사되는 방식이 서로 다르다.〈그림 4-14〉 우리 몸의 세포가 가장 좋아하는 에너지원인 포도당은 혈류로 흘러 들어가 모든 세포에서 사용되고 약 20~40%만이 간으로 간다. 간에서는 대부분 글리코겐의 형태로 저장하고, 일부 남는 것은 중성지방으로 전환한다. 포도당은 지나치게 많지만 않다면 우리 몸에 별다른 악영향을 미치지 않는다.

반면 과당은 포도당과는 달리 대부분 간으로 가서 대사가 된다. 과당은 간에서 글리코겐으로 저장되지 않고 곧장 미토콘드리아로 가서 대사되는데, 미토콘드리아의 대사 능력을 초과하면 중성지방

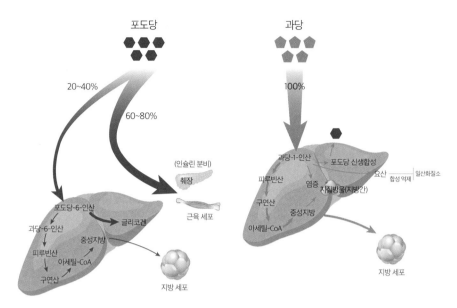

그림 4-14. 포도당과 과당의 간에서의 대사 과정

이 된다. 많은 과당은 지방 형성, 인슐린 저항성, 대사증후군, 비만까지 유발할 수 있다. 과당이 간에서 대사되는 과정은 에탄올과 매우 비슷하다고 알려져 있다. 설탕은 얼핏 보면 탄수화물이지만 자세히 보면 사실은 탄수화물과 지방이 다 들어 있는 식품이라고 할 수 있는 셈이다.

　우리는 흔히 지방간의 주된 원인을 음주로 알고 있으며 '알코올성 지방간'이라고 이야기한다. 하지만 술을 한 방울도 먹지 않더라도 간에 지방이 쌓일 수 있다. 이를 '비알코올성 지방간'이라고 한다. 최근 비알코올성 지방간 인구가 남성을 중심으로 급증하고 있다. 과당 섭취가 간의 지방 축적을 조장한다는 연구 결과도 발표되고 있다. 대표적인 이슬람교 국가인 사우디아라비아와 말레이시아 사람들의 제2형 당뇨병 유병률은 상당히 높다. 간질환 발생률도 꽤 높다. 술은 먹지 않지만, 설탕이 든 음료수를 많이 먹기 때문이라고 한다.

설탕은 '빈 열량' 음식이어서 인체에는 별다른 영향을 미치지 않는다고 주장하는 사람도 있지만, 이는 식품이 호르몬이나 간에서의 대사 과정에 미치는 영향을 거의 고려하지 않은 생각이라고 할 수 있다. 앞서 살펴본 바와 같이 설탕은 다른 탄수화물과 구분되는 독특한 특징으로 인해 인체에 악영향을 미칠 수 있다.

설탕과 당뇨병의 관계

설탕 섭취량이 늘어나면 당뇨병 발병률도 증가할까? 아직은 이에 관한 직접적인 근거는 발표되지 않았다. 하지만 2013년 산제이 바수(Sanjay Basu) 등이 진행한 연구는 설탕의 소비 증가와 당뇨병 발병률 간의 상관관계를 강력히 시사한다. 이 연구에서는 175개국의 10년간 설탕 섭취량과 당뇨병 발병률을 비교했다. 이 기간 전 세계 당뇨병 인구는 5.5%에서 7.5%로 증가했다. 하지만 총 섭취 열량의 증가는 당뇨병 증가와 별로 관계가 없었다. 높은 연관성을 보인 것은 설탕으로 공급되는 열량과 당뇨병 유병률이었다. 만약 설탕으로 공급하는 열량이 하루 150kcal 이상이라면 당뇨병 유병률은 1.1% 증가했다. 상당히 높은 증가율이다. 설탕 섭취는 증가하지 않고 총 섭취 열량만 150kcal 증가한 경우의 당뇨병 유병률 증가율은 0.1%에 불과했다. 설탕에 노출된 기간이 늘어날수록 당뇨병 발생률이 증가했다. 설탕 공급을 줄인 국가에서는 당뇨병 발생률이 저하됐다. 즉, 설탕 섭취 증가가 당뇨병 발생과 밀접한 관련이 있었다는 이야기이다.

설탕이 직접 비만을 유발하고 당뇨병을 일으키는 근본 원인인가에 관해서는 아직 논란의 여지가 있다. 하지만《설탕을 고발한다(The Case Against Sugar)》의 저자 게리 타우브스(Gary Taubes)와《단맛의 저주(Fat Chance)》의 저자 로버트 러스티그(Robert Lustig)는 그럴 가능성이 있다고 주장한다. 단순히 설탕을 지나치게 많이 먹어 열량 과잉으로 비만이 되고 인슐린 저항성이 발생하여 당뇨병이 생기기 쉬운 것이 아니라, 설탕 자체가 우리 몸속에서 독특한 내분비적·대사적 변화를 초래하여 질병의 직접적인 원인이 될 수도 있다는 것이다.

제2형 당뇨병은 유전적 소인을 가진 사람들에게 흔히 발생한다. 그 소인이 있으므로 당뇨병에 걸리기 쉬운 사람들이다. 그러나 그들이 예전의 우리 선조들처럼 설탕이 매우 귀한 시대에 살았더라면 아마도 당뇨병에 걸릴 확률은 훨씬 더 낮았을 것이다. 아무리 당뇨병이 생길 수 있는 유전적 소인을 가지고 태어난 사람이라 할지라도 당뇨병 발병의 환경적 요인이 없다면 당뇨병이 꼭 발생하지는 않는다는 뜻이다.

👤 설탕을 먹느냐, 마느냐! 그것이 문제로다

설탕은 현대인이 마주한 잡식동물의 딜레마 중에서 가장 핵심적인 물질이라고 이야기한다. 사실 지방이나 탄수화물, 단백질 등은 우리 인류가 수천, 수만 년 동안 먹어 왔던 영양소였다. 하지만 설탕은 아니다.

설탕, 먹어야 할까? 말아야 할까? 그것이 문제라고 할 수 있다. 설탕 섭취만 줄여도 우리 몸에 큰 변화를 불러올 수 있다. 설탕을 줄이는 것이야말로 효과적인 다이어트 방법의 하나이다. 무심코 마시던 탄산음료, 가당 음료, 주스, 요구르트 등 설탕이 들어간 음료를 마시지 않으면, 체중 감량 효과와 함께 허리둘레 감소 효과를 경험할 수 있다. 설탕을 완벽히 끊지는 못하더라도 설탕을 줄이는 생활에는 도전해 볼 수 있지 않을까? 설탕을 끊고 건강을 되찾았다는 많은 이들의 경험담을 쉽게 접할 수 있다. 설탕을 덜 먹어서 해로울 것은 전혀 없다.

👤 그렇다면 '제로 칼로리'는 어떨까?

설탕이 몸에 좋지 않다는 말을 많이 들어서인지 요즘은 무설탕 식품을 선택하는 사람들이 늘고 있다. 하지만 무설탕이라고 해서 안심할 수는 없다. 알고 보면 설탕을 넣지 않은 무설탕 음료에 액상 과당이 들어간 경우도 많으니 말이다.

옥수수에서 추출한 물질인 액상 과당은 보통 과당 55%와 포도당 45%로 구성되어 설탕보다 더 강한 단맛을 낸다. 가격도 싸고 분말 인 설탕보다 취급이 편리한 액체여서 1970년대에 등장한 이후 소비 가 급격하게 늘었다. 덕분에 사람들의 과당 섭취량도 늘어났다. 설탕 과 액상 과당이 우리 몸에 미치는 영향은 큰 차이가 없다.

설탕이나 액상 과당이 초래하는 위험을 피하면서 단맛이 나는 음 료를 즐기려는 사람들을 위해 등장한 것이 열량이 거의 없는 '제로 칼로리' 음료이다. 편의점 음료 코너에 가면 '0kcal'라고 적힌 인공 감미료를 넣은 음료들을 흔히 볼 수 있다(그런데 사실 제로 칼로리 음료는 0kcal가 아니다. 식품위생법상 100ml당 4kcal 미만이면 0kcal로 표기할 수 있기 때 문이다). 아스파탐(aspartame)이나 수크랄로스(sucralose) 같은 인공감미 료는 설탕보다 몇백 배 강한 단맛을 내면서도 열량은 매우 낮다. 열 량을 걱정하지 않으면서 단맛은 그대로 즐길 수 있으니 일거양득이 지 않을까? 열량이 낮다는 점이 심리적 안정감을 주기 때문인지 다 이어트를 하거나 건강을 생각하는 사람들 사이에서 이런 음료가 인 기를 얻고 있다.

그런데 인공감미료는 정말 아무런 부작용 없이 달콤함만 줄까? 실망스럽게도 그런 기대는 접는 게 좋다. WHO의 발표에 따르면, 인 공감미료가 든 음료는 체중 조절에 장기적으로 아무런 효과가 없다 고 밝혀졌다. 기대와는 달리 제로 칼로리 음료를 마신다고 해서 살 이 빠지는 건 아니란 얘기다. 오히려 인공감미료는 다른 음식을 더 먹게 해서 결과적으로 더 많은 열량을 섭취하게 했다. 더욱 무서운 건 인공감미료를 오랫동안 섭취하면 설탕이나 액상 과당처럼 비만, 제2형 당뇨병, 심혈관질환 등이 발생할 위험이 커진다고 한다. 설탕 과소비 문제를 다른 형태의 단맛인 인공감미료로 풀고자 하는 것은 은행 대출금을 갚기 위해 은행에서 현금 서비스를 받는 것이나 다름 없는 일이다.

PART 5

먹을거리가
우리 앞에
오기까지

현대 사회 먹을거리 생산의
명과 암

현대 사회에 만연한 비만은 정말 단순히 우리가 많이 먹고 너무 게을러서 일어난 현상일까? 이 잘못된 행동을 바꾸면 전 세계적인 비만 문제가 과연 해결될까? 그러나 가난하고 교육을 받지 못한 계층의 비만이 더 증가하고 있다는 사실은 비만이 사회·경제적 요인에 영향을 받고 있음을 시사하는 강력한 증거이다. 엄청난 풍요로움을 자랑하는 현대 사회의 먹을거리! 오늘날의 먹을거리 생산 방식은 전 세계적인 비만 확산에 어떤 영향을 미쳤을까?

선진국의 식량 증산 정책과 농업 보조금

제1차 세계대전과 제2차 세계대전이 끝난 후 선진국에서는 증가하는 인구를 먹여 살리기 위한 대책을 수립했다. 즉, '가장 효율적이고 가장 저렴한 가격으로 많은 열량을 생산하자'라는 목표를 세운 것이다. 그것은 식품 산업의 오래된 공통의 목표이기도 했다. 이를 위해 다량 수확이 가능한 품종, 즉 콩, 옥수수, 쌀, 밀 등의 재배를 권장했다. 육종을 통해서 생산력이 강한 작물과 가축을 개발했다. 그 결과 경작지가 증가하고 생산 방법의 기계화가 촉진되었다. 비료와 농약이 필수적으로 도입되었고 1990년대 중반에 GMO가 등장했다.

선진국에서 농업 생산량 증대를 위해 도입한 농업 보조금은 작물과 가축을 키우는 농부들이 생산물을 시장 가격보다 비싸게 팔 수 있도록 도와주는 역할을 했다. 주로 미국과 유럽 등 선진국의 농부들에게 보조금이 지급되었다. 농부들은 안정적인 수입이 보장되었기에 상업적인 가능성에 대해서는 크게 걱정하지 않고 자유롭게 오로지 생산에만 투자할 수 있었다. 농업 보조금은 생산량 증가에 크나큰 공헌을 했고, 실제로 미국 농가의 순소득은 1970년대에서 1990년대를 거치면서 크게 증가했다.

하지만 농민들은 시장 상황이 어떻게 돌아가는지 알 수 없었다. 엄청난 양의 농산물이 생산되어 그 처리가 새로운 문제로 대두되었다. 과도한 잉여 생산품은 거대 기업이 헐값으로 매입했고, 냉동식품이나 통조림 등의 가공식품을 많이 만들어 냈다. 결국 소비자들이 많이 먹어야 했지만, 그래도 남는 것은 개발도상국에 수입 압력을 가해서 처리했다. 이에 따라서 세계 먹거리 시장은 심하게 왜곡됐다는 평가가 있다.

농업 보조금의 또 다른 문제점은 생산품에 따른 불균등 지급이 심했다는 것이다. 채소나 과일 생산자들에게는 매우 적은 보조금이 지급되었고 곡물, 유제품, 육류 식품을 생산하는 농부들에게는 많은 보조금이 지급되었다. 따라서 곡물, 유제품, 육류의 가격은 내렸지만, 채소와 과일의 가격은 올랐다. 이는 1980년 이후 육류와 유제품 섭취가 증가하고 채소와 과일 섭취가 감소한 것과 밀접한 관련이 있다. 이 시기에 비만이 전 세계적으로 확산한 것과도 깊은 관련성이 있다고 여겨진다. 각 가정의 수입이 증가하면 곡물을 먹던 사람들이 우유나 고기를 먹게 된다. 일단 고기 맛을 들이면 먹기 전으로 돌아가기 어렵다. 더는 시금치나 콩을 찾지 않는다.

육류 제품의 수요가 증가하면서 고기 가격을 낮추기 위해 가축 사료 가격을 인하할 필요가 있었다. 이를 위해 옥수수를 대량 생산해 가축 사료로 제공했다. 소나 돼지에게 옥수수를 먹이면 지방이 많아져서 고기 맛이 좋아진다. 아울러 가축에게 다른 영양소를 공급할 목적으로 지방종자 작물인 유채씨, 해바라기, 대두 등을 재배했다. 그것을 짜서 식물성 기름을 얻었고, 단백질이 풍부한 기름 찌꺼기를 가축 사료의 원료로 제공했다. 문제는 너무나 많은 양이 생산되어서 시장에는 엄청나게 높은 에너지의 값싼 식품 자원이 넘쳐나게 되었다. 즉, 식물성 기름의 소비가 급증한 것이다. 이 역시 1980년대 이후 비만의 확산과 밀접한 관련이 있다고 여겨진다.

스웨덴 국립보건연구소의 리젤로트 샤퍼 엘린더는 2005년 《영국의학저널》에 발표한 논문에서 농업 보조금의 문제점을 지적하며

"선진국에서 농업 생산자들을 지원하는 제도를 폐지하는 것이 세계적인 비만, 가난, 굶주림에 맞서 싸우는 첫걸음이다."라고 주장했다.

👤 고기 좋아하세요?

우리 주변에는 고기를 좋아하는 사람이 참 많다. 확실히 고기 가격이 예전보다 저렴해져서 고기를 더 쉽게 먹을 수 있는 환경이 되었다. 미국은 세계 최고의 육류 소비국이다. 미국인이 먹어 치우는 고기 양은 참으로 엄청나다. 미국 인구는 세계 인구의 4.2%에 불과하지만 육류 소비는 20%에 달한다. 1시간 동안 100만 마리의 소, 돼지, 닭 등이 희생되고 1년이면 100억 마리에 달한다. 미국의 1인당 연간 육류 소비량은 2020년 기준 126.7kg으로 당당히 세계 1등이었다. 그 외에 호주, 아르헨티나, 브라질, 독일, 프랑스, 이탈리아 등도 육류 소비가 많은 나라에 속한다.

사실 육류 소비 증가는 전 세계적인 현상이다. 경제 사정이 호전되면서 곡물을 주로 먹던 사람들의 육류 소비량이 점차 늘어났다. 우리나라도 마찬가지로 생활 수준이 향상됨에 따라 꾸준히 육류 소비가 증가해 왔다. 우리나라 사람들은 돼지고기를 많이 먹는다. 그다음은 닭고기, 소고기 순이다. 1인당 연간 육류 소비량은 1980년에 11.3kg이었는데 2022년에는 5배 이상 증가해서 60.6kg에 달했다. 우리나라의 육류 소비량은 세계 평균보다는 높지만, 경제협력개발기구(OECD) 평균보다는 20% 정도 낮은 수준을 보였다.

중국 역시 경제 사정이 호전되면서 육류 소비량이 급증했다. 그 증가세는 미국보다 더 가파르다고 한다. 특히 중국인이 좋아하는 고기는 돼지고기이다. 중국인의 돼지고기 사랑은 정말로 극진해서 전 세계 돼지고기 소비량의 절반을 중국에서 소비할 정도이다. 중국은 2021년에 출하된 돼지가 6억 7천만 마리에 달했을 만큼 세계 최대의 양돈 국가가 되었다.

육류 소비 증가와 비만 간에는 어떤 관계가 있을까? 2009년에 미국 성인의 육류 섭취와 비만의 관계를 연구한 논문이 발표됐다. 그 결과는 육류 섭취가 증가하면 하루 열량 섭취가 증가하고, BMI가 증가하고, 아울러 허리둘레가 늘어남을 보여 주었다. 즉, 육류 섭취의 증가는 비만, 특히 복부 비만의 위험성을 높이는 것으로 조사됐다.

👤 현대 사회 육류 생산 방식의 문제점

우리는 가축들이 목가적인 목장에서 자라는 모습을 생각하지만, 현대 사회의 고기 생산 방식은 그렇지 않다. 우리의 먹거리 환경을 좌우하는 가장 핵심적인 역할을 하는 것이 바로 육류 생산 방식이다. 이는 엄청나게 큰 영향을 미치고 많은 문제점을 양산하고 있는 분야이기도 하다.

현대 사회에서 육류를 생산하는 방식의 가장 큰 문제점은 가축 대

그림 5-1. 밀집형 가축 사육 시설에서 키워지는 돼지와 닭

부분이 공장식 축산 시설에서 자라고 있다는 점이다. 이런 시설은 일명 'CAFO(concentrated animal feeding operation, 밀집형 가축 사육 시설)' 라 불린다. CAFO는 1950년대에 미국에서 가금류를 사육하며 처음

시작됐다. 소는 1970년대, 돼지는 1980년대부터 공장식 축산 시설을 이용해 사육했다. CAFO는 가축 사육에 있어서 여러 가지 편리함과 경제적 이점을 제공했지만, 주변 환경과 동물 복지 면에서 여러 가지 부정적인 영향을 낳았다. 만약 고기가 생산되는 방식이 정확하게 알려진다면 고기를 먹는 사람이 많지 않을 거라고 지적하기도 한다.

공장식 가축 사육 시설의 단위 면적당 사육 두수는 지나칠 정도로 많다. 이곳에 사는 동물들은 몸 하나 제대로 뉠 수 없는 아주 좁은 공간만 허락받으며, 배설물도 제대로 치워지지 않는다. 한 조사에 따르면, 우리나라의 단위 면적당 사육 두수는 다른 나라에 비해 상당히 많다고 한다. 특히 알을 낳는 산란계에게 제공되는 공간은 닭 한 마리당 A4 용지보다 작을 정도로 좁은 공간에서 사육되고 있다. 그런 공간에서 사는 닭을 비롯한 여러 가축은 전염병에 매우 취약하다. 아울러 대량의 동물 배설물로 인해 발생하는 주변 환경오염과 기후 변화 문제도 매우 심각하다.

고기는 효율성이 매우 낮은 식품이다. 그 이유는 고기를 얻는 데 필요한 자원에 비해 실제 우리가 얻는 영양가나 생산량은 상대적으로 적기 때문이다. 특히 가축을 기르는 데는 많은 양의 곡물 사료와 물이 필요하다. 조사에 따르면 소고기 1kg을 얻기 위해서는 곡물 7kg과 물 1만 5천 리터가 필요하고, 돼지고기 1kg은 곡물 4kg과 물 6천 리터, 닭고기 1kg은 곡물 3kg과 물 4천 리터가 필요하다고 한다. 반면에 토마토 1kg을 생산하는 데 필요한 물은 180리터밖에 되지 않는다.

우리는 고기를 먹는 즐거움을 포기하지 못한다. 과도한 육류 소비에 따르는 다양한 문제점, 즉 식량 부족, 물 부족, 해양의 황폐화, 삼림 벌채, 생물 다양성의 파괴, 지구 온난화까지, 이런 문제들을 애써 모른 척한다. 이로 인해 지구촌 전체에 부과되는 사회·경제적 비용은 나날이 증가하고 있다.

사실 모든 사람이 채식주의자가 될 수도 없고 그럴 필요도 없다. 하지만 현대인의 육류 소비를 줄일 필요는 충분하다. 육류를 아주 끊는 것보다 섭취 빈도를 줄이자는 사람들이 있다. 이들을 일명 플렉시테리언(flexitarian) 혹은 세미-베지테리언(semi-vegetarian)이라 부른다. 채식을 지향하지만 유연하게 가끔 육류도 함께 먹는 채식주의자를 말한다. 플렉시테리언 다이어트는 건강에도 아주 좋다고 알려져 있다. 2009년 6월 비틀스의 멤버 폴 매카트니가 시작했던 '고기 없는 월요일(Meat Free Monday)'이라는 운동도 있었다.

녹색혁명의 득과 실

식량 증산은 선진국만의 특권은 아니었다. 개발도상국의 기아 문제 해결을 위한 전 세계적인 노력은 녹색혁명이라는 결과를 가져왔다. 녹색혁명은 품종 개량과 과학기술의 도입으로 이루어진 기술 혁신을 말한다. 그 효시는 1944년 록펠러 재단의 노먼 볼로그(Norman Borlaug) 등이 개발한 소맥, 일명 난쟁이 밀이었다. 식량 부족으로 허덕이던 개발도상국은 녹색혁명을 도입함으로써 농업 생산량을 획기적으로 늘릴 수 있었다. 그 공로를 인정받아 볼로그는 1970년 노벨 평화상을 수상했다.

하지만 녹색혁명의 성공 뒤에는 어두운 그림자도 뚜렷했다. 새로운 영농 방법은 선진국에서 생산한 기계와 농약에 철저히 의존했다. 다국적 기업에 대한 가난한 나라의 의존도는 상당히 높아졌고 농민들은 빚을 많이 지게 되었다. 비료와 농약 사용이 증가하면서 토양은 나날이 황폐해져 갔다. 단일 품종의 다량 재배를 위주로 했기 때문에 종의 다양성도 많이 감소했다.

녹색혁명의 성공에도 불구하고 여전히 우리는 굶주림과의 전쟁에서 승리하지 못하였다. 전 세계 기아 인구는 아직도 8억 명 이상이라고 한다. 높은 기아 비율을 보이는 지역인 아프리카 대륙과 일부 아시아 국가에서 증가할 인구를 어떻게 먹여 살릴지는 인류가 당면한 또 하나의 걱정거리라고 할 수 있다.

가공식품과
비만

   현대의 먹거리 환경은 과거와 비교해 많이 변했다. 예전에는 자연 식품을 약간 조리해서 먹었지만, 현대인은 여러 단계의 복잡한 공정을 거친 패스트푸드를 대표로 하는 가공식품을 주로 먹는다. 자연에서 난 신선한 음식을 주로 먹으면, 식욕을 조절하는 호르몬의 균형이 깨지지 않는다. 충분히 먹으면 숟가락을 내려놓기 마련이다. 하지만 현대인이 먹는 가공식품은 기호성(음식이 주는 쾌락적 보상)이 매우 높다. 음식에서 얻는 즐거움이 크기 때문에 생각한 것보다 많이 먹을 가능성도 커진다고 할 수 있다. 주변에 과식하는 사람이 많아진 이유라고 볼 수 있겠다.

🧍 가공식품의 확산은 수요자 주도형이 아닌 공급자 주도형

우리는 음식을 날것으로 먹는 경우는 거의 없다. 불을 발견한 이래 인류는 어떤 형태로든 음식을 가공해서 섭취해 왔다. 따라서 가공식품이란 날것에서 화학적·물리적 과정을 거쳐 어떤 형태로든 달라진 음식을 말한다. 발효, 훈제, 염장 등은 대표적인 가공 방법에 속한다. 특히 음식의 가공은 항상 신선식품을 먹을 수 없었던 서민들에게는 필연적인 현상이었다. 서민들은 예전부터 음식을 소금이나 간장에 절여서 오랫동안 보관하곤 했다.

전쟁이나 훈련 중에 먹는 전투식량은 전형적인 가공식품이다. 전쟁은 가공식품 산업이 발전하는 데 큰 역할을 했다. 전투식량이 획기적으로 발전한 시기가 바로 제2차 세계대전 때였다. 전선의 병사들을 먹여 살리던 가공식품은 전쟁이 끝난 후엔 그 대상을 일반인으로 바꿨다. 발전된 기술과 남겨진 군수품 생산시설은 일반인을 위한 가공식품 생산에 투입되었다. 따라서 1950년대를 가공식품의 황금기라 부른다.

일각에서는 여성의 사회 진출이 증가하면서 가사 노동에 종사할 시간이 줄어들어 가공식품이 확산했다고 생각하기도 한다. 즉, 가공식품이 확산한 것은 수요자 주도형이었다고 여기기 쉽지만, 사실은 공급자 주도형으로 일어난 일이었다.

👤 설탕과 지방 그리고 소금의 절묘한 조화가 만드는 환상적인 맛, 하지만 영양가는 없는

요즘은 가공식품 앞에 '초' 자를 붙여서 초가공식품(ultra-processed food)이란 말을 많이 쓴다. 초가공식품은 가공식품보다 한 단계 더 가공을 거친 식품을 말한다. 우리 주변에서 흔히 볼 수 있는 과자, 사탕, 설탕이 들어간 시리얼, 라면, 냉동식품, 간편식 등이 초가공식품에 속한다. 현대인은 열량 대부분을 초가공식품에서 얻고 있다고 해도 과언이 아니다.

초가공식품의 핵심 성분은 설탕과 지방 그리고 소금이다. 설탕과 지방을 잘 버무린 후 소금을 넣으면 사람들이 거부할 수 없는 맛이 탄생한다. 여기에 식품첨가물(인공향료, 인공색소, 방부제 등)로 부드러움, 쫄깃함, 바삭함 등 다양한 식감을 더해 먹는 즐거움을 크게 만든다. 그렇게 사람들의 입맛을 끌어당기는 기호성 높은 음식이 완성되어 먹으면 먹을수록 그 음식을 더 찾게 된다.

지방이 설탕과 만나면 그 위력은 더 커진다. 하지만 정작 우리는 음식에 지방이 들었는지도 잘 모르는 경우가 많다. 달콤한 아이스크림을 먹으며 지방을 떠올리는 사람은 별로 없겠지만, 아이스크림에는 상당히 많은 양의 지방이 함유되어 있다. 또한 설탕과 지방이 함께 들어 있는 음식을 먹으면 과식을 막아 주는 우리 몸의 제동장치가 힘을 잃는다.

하지만 가공식품의 진정한 마법은 소금을 더할 때 본격적으로 시작된다. 달고 기름진 음식을 더 맛있게 만드는 것이 바로 소금이다. 이런 이유로 가공식품의 핵심은 소금이라고 말하는 사람도 있다. 어떤 음식이든 소금이 들어가지 않으면 제대로 맛을 낼 수 없다. 인간이 최후까지 포기하지 못하는 미각은 바로 짠맛이라고 알려져 있다. 달고 기름지고 짠 음식을 좋아하는 것은 생존에 매우 유리했으니, 진화적인 의미에서도 영향이 있었다고 하겠다.

초가공식품은 부피당 열량을 말하는 열량 밀도(에너지 밀도)가 높고 혈당 지수도 높다. 반면에 식이섬유나 미량영양소(비타민이나 무기질처럼 몸이 필요로 하는 양은 적지만 꼭 섭취해야 하는 영양소) 같은 우리 몸에 꼭 필요한 성분의 함량은 낮다. 즉, 우리는 가공의 정도가 증가하면 영양 손실의 증가라는 반갑지 않은 결과를 함께 받아들여야 한다. 맛이 좋아서 대중의 입맛을 사로잡았지만, 영양가는 거의 없는 음식인 정크푸드가 바로 대표적인 초가공식품인 셈이다.

👤 살은 쪘지만 영양은 부족?

비만이면서 동시에 영양 결핍일 수도 있을까? 인류 역사상 이런 두 가지 특징을 동시에 보인 경우는 찾아보기 어려웠다. 예전에는 잘 먹는 사람들이 살이 쪘고, 잘 먹었다는 건 영양 공급이 충분하다는 뜻이었다. 하지만 초가공식품 위주로 이루어진 서구식 식사를 하는 현대 사회에서는 가능한 일이 되었다.

초가공식품은 열량은 높지만, 우리 몸에 필요한 영양분(비타민, 미네랄, 섬유질 등 필수영양소)은 부족하기 쉽다. 초가공식품에는 신선한 과일이나 채소, 우유 등에 풍부하게 들어 있는 영양분이 별로 없다. 따라서 오래전에 사라졌다고 여겼던 구루병이나 각기병 같은 영양 결핍성 질환이 비만인들에게서 나타나기도 한다. 2019년 분당서울대학교병원에서 비만 대사 수술을 받은 환자들의 수술 전 영양 상태를 조사한 결과를 보면, 각기병을 유발하는 비타민 D 결핍이 80%에 달했다. 먹을 것이 넘쳐나는 시대에 어쩌다 우리는 영양 부족을 겪게 되었을까?

그 이유는 제2차 세계대전 후 전 세계적인 식량 증산으로 작물의 생산량은 획기적으로 늘어났지만 음식의 질은 떨어지는 부작용이 나타났기 때문이다. 이전과 비슷하게 영양분을 섭취하려면 더 많이 먹어야 했다. 예를 들어 1940년대에 사과 1개에서 얻었던 영양분을 지금은 사과 3개를 먹어야 얻을 수 있다. 한마디로 질보다 양이 된 것이다.

식량 증산으로 우리는 값싼 음식을 대량으로 얻을 수 있었다. 식품 가격 하락으로 한 사람이 먹을 수 있는 음식의 양과 열량은 늘어났다. 하지만 추가로 섭취하는 열량은 대부분 첨가당, 첨가 지방, 정제된 곡물에서 나왔다. 이런 음식은 에너지는 충분히 주지만 영양분은 부족했다. 게다가 과일이나 채소의 섭취는 많이 줄어들었다.

열량은 높고 영양소는 적은 질 낮은 식사를 주로 하고, 과일이나 채소를 부족하게 먹으면 비타민이나 미네랄 같은 미량영양소의 결핍이 생길 수 있다. 이에 관한 실험에 따르면, 미량영양소가 약간만 모자라도 DNA 손상이 일어나 암이 발생할 가능성이 커진다고 한다. 아울러 비만이 되기도 쉽다.

우리가 먹는 음식에 중요한 영양소가 부족하면 우리 몸은 더 많이 먹어야 부족한 영양소를 보충할 수 있다고 여긴다. 이러한 이유에서 우리는 과거와 같은 열량의 음식을 먹어도 포만감을 덜 느껴 더 쉽게 과식할 위험에 처하게 되었다.

🧍 초가공식품 섭취와 체중 증가

"초가공식품을 섭취하는 것만으로도 비만이 유발될까?"

이런 궁금증을 가진 케빈 홀(Kevin D. Hall) 등 미국의 연구진은 '초가공식품의 섭취와 비만'에 관한 연구를 시행했다. 성인 20명을 두 그룹으로 나누어 한 그룹에는 초가공식품을 아무런 제한 없이 마음껏 먹게 하고, 다른 한 그룹에는 가공을 거치지 않은 과일과 채소 같은 비(非)가공식품을 마음대로 먹게 했다. 실험은 2주간 진행되었으며, 단위 그램당 열량, 단백질, 탄수화물 등의 영양 성분은 영양사들이 철저히 계산해서 제공하였다.

그들이 자연 과학 학술지 《셀(Cell)》에 발표한 연구 결과는 매우 놀라웠다.〈그림 5-2〉 초가공식품을 먹은 그룹은 비가공식품을 먹은 그룹보다 하루 열량 섭취가 무려 508kcal나 높았다. 단백질 섭취량은 두

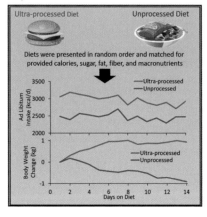

Cell Metabolism

Clinical and Translational Report

Ultra-Processed Diets Cause Excess Calorie Intake and Weight Gain: An Inpatient Randomized Controlled Trial of *Ad Libitum* Food Intake

Graphical Abstract

Ultra-processed Diet　**Unprocessed Diet**

Diets were presented in random order and matched for provided calories, sugar, fat, fiber, and macronutrients

Authors

Kevin D. Hall, Alexis Ayuketah, Robert Brychta, ..., Peter J. Walter, Shanna Yang, Megan Zhou

Correspondence
kevinh@nih.gov

In Brief

Hall et al. investigated 20 inpatient adults who were exposed to ultra-processed versus unprocessed diets for 14 days each, in random order. The ultra-processed diet caused increased *ad libitum* energy intake and weight gain despite being matched to the unprocessed diet for presented calories, sugar, fat, sodium, fiber, and macronutrients.

그림 5-2. 《셀》에 수록된 초가공식품의 섭취가 과잉 열량 섭취와 체중 증가를 초래한다는 논문

그룹 간에 별다른 차이를 보이지 않았지만, 지방이나 탄수화물 섭취 량은 초가공식품을 먹은 그룹에서 현저하게 더 높았다. 체중은 어땠을까? 단 2주 만에 체중은 2kg의 차이를 보였다. 초가공식품을 먹은 그룹은 1kg이 증가했고 비가공식품을 먹은 그룹은 1kg이 빠졌다. 초 가공식품을 먹은 것만으로도 2kg의 체중 차이가 나타난 것이다. 특 히 지방량 증가가 눈에 띄었다. 이 연구 결과는 초가공식품 섭취만 으로도 비가공식품을 먹을 때보다 섭취 열량이 늘어나고 체중이 증 가할 수 있다는 사실을 보여 준다.

👤 초가공식품 섭취와 심혈관질환 발생률 및 조기 사망 위험 증가

초가공식품 섭취가 심혈관질환 발생률에 어떤 영향을 미치는지에 관한 연구도 시행됐다. 이 연구에서 프랑스 연구진은 10만 5천여 명의 성인을 5년간 추적 조사하여, 초가공식품 섭취가 10% 증가할 때마다 심혈관질환 위험은 12% 정도 더 증가한다는 결과를 발표했다.

초가공식품 섭취가 사망률에 미치는 영향에 관한 연구도 시행되었다. 스페인 연구진이 2만여 명의 성인을 15년간 추적 조사한 결과, 초가공식품 섭취가 많은 그룹에서 조기 사망 위험이 62%나 더 높게 나타났다.

👤 중독까지 유발하는 초가공식품

"오늘 점심은 뭘 먹을까?" 우리가 많이 하는 고민 중 하나이다. 검색하면 맛집도 많고 다양한 음식을 파는 식당이 주변에 널렸지만, 어디로 갈지 선뜻 결정하기는 어렵다. "그냥 간단하게 햄버거나 먹자." 결국 또 패스트푸드점으로 향한다. 패스트푸드가 몸에 좋지 않다는 걸 알면서도 왜 우리는 햄버거나 피자를 고를까? 과연 맛이 좋고 먹기 편해서일까? 다른 이유는 없을까?

2015년 미국 연구진이 '예일 음식 중독 문진표(Yale Food Addiction Scale)'를 이용해 평가한 음식의 중독성 정도는 지방과 설탕이 많은 가공식품의 중독성이 가공되지 않은 식품에 비해 훨씬 더 높았다. 1위는 피자, 공동 2위는 초콜릿과 감자칩, 그다음은 쿠키, 아이스크림, 감자튀김, 치즈버거, 탄산음료, 케이크, 치즈가 뒤를 이었다. 공통점은 무엇일까? 대부분 고설탕, 고지방, 고열량 음식이라는 것이다.

사실 '중독'이라는 단어에서 먼저 떠오르는 것은 마약 중독, 알코올 중독, 니코틴 중독 등이다. 음식에 중독이라는 용어를 사용한 건 그리 오래되지 않았다. 마약, 술, 담배와는 달리 우리는 음식 없이는 살 수 없다. 생존에 꼭 필요한 것에 중독될 수 있다는 사실이 아이러니하게 느껴지기도 한다. 음식은 도대체 어떻게 우리를 중독에 이르게 할까? '행복 호르몬'이라고도 하는 신경 전달 물질인 도파민과 세로토닌은 음식 중독과 관련 있는 호르몬이다. 먼저 도파민에 대해 알아보자.

달콤한 음식을 먹으면 잠시나마 기분이 좋아지는 이유는 설탕이 뇌의 쾌락 중추를 자극하는 도파민을 순간적으로 많이 분비하게 하기 때문이다. 도파민 수치가 높아지면 행복감이 느껴진다. 그런데 단 음식을 먹을 때 쾌감을 느끼는 것을 반복하다 보면 학습이 되고, 계속해서 설탕이 든 음식을 찾게 되는 습관이 생긴다. 설탕뿐만 아니라 알코올, 니코틴, 코카인, 헤로인 등도 도파민을 급격히 올려서 기분이 좋아지게 한다. 이런 것들에 자주 노출되다 보면 결국 중독에 이른다. 물론 마약은 설탕보다 훨씬 더 강력한 중독을 일으키지만.

세로토닌은 분비량이 줄어들면 기분이 나빠지고 강박적인 행동이 나타난다. 특히 만성적인 스트레스 상황에서는 세로토닌 수치가 감소한다. 세로토닌이 부족하면 단 음식에 끌린다. 단 음식을 먹어 혈당이 빠르게 올라가면 세로토닌 분비가 늘고 기분이 좋아지기 때문이다. 하지만 효과는 금방 사라져 버리고 계속 단 음식을 찾을 수밖에 없다. 다이어트를 하면 예민해진다는 이야기를 흔히 듣는다. 실제로 다이어트에 한창인 사람은 세로토닌이 줄어들어 짜증을 잘 내고 감정적으로 민감해진다. 또한 세로토닌이 잘 분비되지 않으면 포만감을 잘 느끼지 못한다. 평소보다 많이 먹어야 비슷한 포만감을 느끼게 되는 것이다.

도파민과 세로토닌 수치를 높이는 음식이 바로 햄버거나 피자 같은 가공식품이다. 달고, 짜고, 기름진 음식에 본능적으로 끌리는 인간의 진화적 특성을 교묘하게 이용해 만든 것이 가공식품이다. 데이비드 케슬러(David A. Kessler)는 《과식의 종말(The End of Overeating)》에서 과식을 유도하고 중독에 빠지도록 부추기는 것은 식품 산업이라고 지적했다. 식품 회사들이 만든 설탕, 소금, 지방이 절묘하게 조합된 가공식품을 먹은 소비자는 뇌의 쾌락 중추가 자극되는 경험을 한다. 그 즐거운 경험을 잊지 못해서 또다시 가공식품을 찾게 되고, 결국 중독에 이를 수 있다는 것이다. 실제로 가공식품을 먹는 사람의 뇌에서는 마약 같은 중독 물질을 투여했을 때와 비슷한 반응이 일어난다.

어떤 물질의 중독성을 인정하려면 다음과 같은 네 가지 요인을 충족해야 한다. 첫 번째는 갈망(craving)이다. 그 물질을 먹고자 하는 강렬한 충동이 들어야 한다. 갈망은 전에 먹어 봤더니 좋았다는 일종의 학습 효과이다. 초콜릿을 먹었던 과거의 기억을 도파민 신호가 강화하고, 그 경험을 기초로 미래의 의사 결정을 내린다. 두 번째로 중독성 물질은 내성(tolerance)이 생기기 쉽다. 내성은 반복 투여 혹은 장기 투여 시에 약물의 효과가 줄어드는 현상을 가리킨다. 처음과 같은 효과를 얻으려면 그 물질이 더 많이 필요해진다. 세 번째로 금단 증상(withdrawal symptoms)이 나타난다. 중독성 물질을 끊었을 때 나타나는 정신적, 육체적 이상 증상을 금단 증상이라 한다. 네 번째는 나쁘다는 걸 알면서도 다시 찾는 악순환의 반복이다. 해당 물질을 사용하면 문제가 악화할 것을 뻔히 알면서도 계속해서 사용하는 것이다.

음식 중독은 아직 정식 질병이 아니다. 진단하는 기준도 완벽히 통일되지 않았다. 현재 음식 중독의 진단 기준으로 가장 많이 사용하는 것은 '예일 음식 중독 문진표'인데, 다음과 같이 간단하게 정리할 수 있다. 즉, 음식 섭취의 시작과 중단, 섭취량 조절 등 식사 행동을 조절하는 능력에 문제가 있음을 느끼고, 음식 때문에 중요한 활동에 제약을 받는 경우가 있으며, 음식 때문에 분명한 손해를 봤음에도 불구하고 음식에 대한 탐닉을 계속하게 되는 경우를 말한다.

최근 초가공식품이 술, 마약과 비슷한 수준의 중독성을 일으킨다고 주장하는 연구자들이 늘고 있다. 동물 실험에서 초가공식품은 뇌의 도파민 수치를 올리고, 폭식과 내성을 일으키는 경향을 보였기 때문이다. 먹는 것을 끊으면 금단 증상도 나타났다. 2주간 초가공식품을 제한했다가 다시 먹기 시작하면 이전보다 더 먹는 모습을 보였다. 갈망하는 성향도 나타났다. 도파민 상승, 지속적인 폭식과 내성, 그리고 갈망에 금단 증상까지. 모두 중독의 기준에 들어맞는다. 다시 말해 초가공식품은 음식 중독을 일으키는 주범이라고 할 수 있다. 2014년 호주 뉴캐슬대학교의 연구에 따르면, 전 세계 인구의 20% 정도가 음식 중독에 시달리고 있다고 하니, 생각보다 많은 사람이 음식 때문에 고생하고 있는 것으로 보인다.

👤 우리가 먹는 음식은 어디에서 어떻게 왔을까?

대표적인 초가공식품인 라면은 연간 1인당 소비량 세계 1, 2위를 다툴 정도로 우리나라 사람들이 즐겨 먹는 음식이다. 하지만 라면 이 어떻게 만들어졌는지 정확히 알고 있는 사람은 얼마나 될까? 라 면의 면과 수프에는 수많은 식품첨가물이 들어간다. 면에는 면의 식 감을 살리기 위한 산도조절제(면류첨가알칼리제, 혼합제제, 구연산), 영양소 보충을 위한 영양강화제(비타민 B₂), 면의 점성을 더하기 위한 증점제 (구아검) 등이 첨가된다. 라면 맛을 좌우하는 수프에도 역시 화학조미 료, 향료, 색소, 유화제, 안정제, 산화방지제 등 많은 첨가물이 들어간 다. 하나같이 뭔지 모를 것들이다.

우리는 초가공식품이 어떻게 만들어졌는지 잘 모른다. 초가공식 품은 매우 긴 '음식 사슬'을 가진 음식이기 때문이다. 이들이 어떻게 우리 앞에 왔는지 우리는 거의 알 수 없다. 뒷면의 영양 성분표를 아무리 꼼꼼히 살펴보아도 그에 관한 정보를 제공하지 않는다. 깨알같이 작은 글자로 쓰여 있는 알쏭달쏭 알 수 없는 이름들을 읽다 보면 금방 관심이 식어 버린다.

집에서 딸기 밀크셰이크를 만들어 먹는다고 생각해 보자. 뭐가 필요할까? 얼음, 크림, 딸기, 설탕, 바닐라를 블렌더에 넣고 갈면 끝이다. 하지만 조금 귀찮으니 가게에서 사 먹기로 하자. 그 안에 뭐가 들어가는지 궁금해서 그 성분을 한번 알아보기로 했다. 가게에서 파는 딸기 밀크셰이크에는 유지방, 탈지유, 설탕, 유청, 콘 시럽 등과 진짜 딸기 대신 인공 딸기향이 들어간다. 인공 딸기향은 어떤 성분으로 만들어졌을까? 인공 딸기향에는 놀랍게도 무려 47가지의 첨가물이 함유되어 있다.

음식에 들어간 식품첨가물은 식품의 저장 기간을 늘려 준다. 식중독균을 비롯한 질병을 일으키는 미생물의 증식을 막아서 오랫동안 안전하게 보존해 준다. 식품의 맛과 향, 색, 촉감 그리고 식감까지 좋게 해서 먹는 즐거움 또한 극대화한다. 현재 인공첨가물이 구현해 내지 못하는 맛과 냄새는 없다. 마시멜로 맛, 팝콘 맛, 석쇠에 구운 맛, 장작불에 구운 맛, 사과 냄새, 심지어 방금 자른 풀 냄새까지 가능하다.

식품첨가물은 멋진 빛깔의 색을 입혀 가공식품을 맛있어 보이게 하고 보는 즐거움까지 안겨 준다. 아울러 가공 공정을 원활하게 하기도 한다. 식품첨가물 덕분에 대량으로 생산할 수 있어서 식품의 원가를 낮추는 효과도 있다. 또한 다양한 식품을 저렴한 가격에 공급할 수 있어 식품 생산 체계를 안정적으로 유지하는 데도 도움이 된다. 바닐라 맛 아이스크림에 들어가는 바닐린을 예로 들어 보자. 천연 바닐린은 1kg당 가격이 4,000달러에 달하지만, 바닐라 향의 원료인 인공 바닐린은 12달러에 불과하다. 인공 바닐린은 종이와 펄프를 만들 때 나오는 목재 부산물로 만들어지기 때문이다.

우리가 먹는 초가공식품 속에는 이처럼 많은 식품첨가제가 들어간다. 가공식품 시대를 사는 우리는 어쩔 수 없이 많은 식품첨가물에 노출될 수밖에 없는 실정이다. 이런 이유로 식품첨가물은 안정성을 확인받아야 하고, 엄격한 기준에 따라 최소한의 양만 사용하게 되어 있다.

하지만 그 안정성이란 모든 사람에게 똑같이 적용되는 기준은 아니다. 특히 어린이나 만성 질환 환자, 노인 등은 식품첨가물에 더 민감한 반응을 보일 수 있다. 또한 가공식품을 오랫동안 과도하게 먹다 보면 몸속에 식품첨가물이 쌓이면서 건강에 여러 가지 문제가 생길 수 있다.

2004년 영국 사우샘프턴대학교에서 3~4세 어린이 277명을 모아 행동 관찰 연구를 했다. 한 그룹에는 과일주스를 먹였고, 다른 그룹에는 같은 맛의 인공색소와 향이 첨가된 음료를 먹였다. 그 결과 첨가제가 함유된 음료를 먹은 그룹에서 과민 행동의 비율이 더 높게 나타났다.

요즘 우리 주변에서 어린이 행동 장애와 관련된 문제들이 증가하고 있는데, 혹시 이런 것이 관계가 있지 않은지 우려된다. 영국 리버

풀대학교 독극물 전문가인 비비언 하워드(Vyvyan Howard)는 "우리를 당장 죽게 만들지는 않는 미량을 투여하기 때문에 안전하다고 가정할 뿐이다."라고 지적했다.

🧍 차라리 가공을 안 하느니만 못한 상황

영양주의의 개념을 최초로 제시한 조르지 스크리니스는 음식 선택의 가장 중요한 기준은 '가공의 정도'라고 말한다. 그의 조언은 가능한 한 가공식품을 피하라는 것이다. 그러나 바쁜 현대 사회를 사는 우리가 주변에 널린 가공식품을 완벽하게 피하기란 불가능에 가까운 일이다. 하지만 선택의 기회가 주어진다면 될 수 있으면 가공이 덜 된 음식을 선택하는 것이 건강에 조금이나마 도움이 될 것이다.

일명 뒤집힌 U자형 곡선이라고 불리는 '쿠즈네츠 곡선(Kuznets curve)'이란 것이 있다. X축에는 음식의 가공 정도를 표시했고, Y축에는 적합성, 즉 음식의 가공으로부터 얻는 이득을 표시했다.〈그림 5-3〉인류는 불을 사용해 요리하고 갖가지 가공을 하면서 음식으로부터 얻는 이득을 증가시켜 왔다. 하지만 가공 정도가 증가하면서 가장 최적의 지점을 지난 순간부터는 우리가 가공으로부터 얻는 이득이 오히려 하락하기 시작한 것을 볼 수 있다. 그 시점은 바로 산업화한 음식이 도입된 때였다. 즉, 지나친 가공으로부터 어떤 해가 발생하기 시작했다는 것이다. 현재 미국과 유럽의 여러 나라는 과도하게 대량

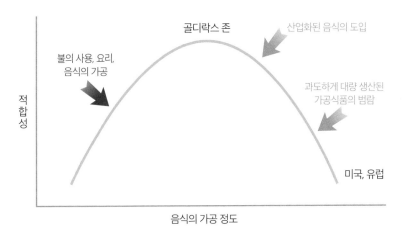

그림 5-3. 음식의 가공 정도와 적합성의 관계를 나타내는 쿠즈네츠 곡선

생산된 가공식품의 범람으로, 차라리 가공을 안 하느니만 못한 상황에 부닥쳤다.

어떤 일에서 가장 최적이 되는 적절한 지점을 '골디락스 존(Goldilocks zone)'이라고 부른다. 음식 섭취에서도 개인에게 맞는 가장 적절한 지점을 찾아야 한다. 매번 직접 요리하는 것도 힘들고, 그렇다고 매일 가공식품만 먹을 수도 없다. 생식만 할 수도 없고, 채식만 할 수도 없고, 고기만 먹을 수도 없는 일이다. 그렇기에 자신만의 최적의 골디락스 존을 찾아야 한다. 최적이 되는 지점을 꾸준하게 찾아가는 것이 본인의 행복을 증진하기 위한 방향이 아닐까. 지나침은 모자람과 같으니 균형 감각을 유지하는 게 좋다는 말을 마음에 새겨야 하겠다.

슈퍼마켓의 진화와 비만

비만율이 급증하기 시작한 1980년대에 있었던 또 하나의 현상은 다국적 기업이 전 세계적으로 확산한 것이었다. 네슬레, 펩시코, 크래프트, 카길 같은 다국적 기업의 특징은 제품의 다양화를 통해서 통합적인 전략을 채택한다는 것이다. 다국적 기업은 곡물부터 시작해서 육류, 유제품 등 다양한 종류의 식품을 독점할 수 있는 능력을 보유하고 있다. 그들은 먹거리의 생산과 유통, 판매에 이르는 모든 단계를 조절하며 막대한 영향력을 발휘하고 있다. 즉, 다국적 기업 한 회사가 밭에서부터 슈퍼마켓에 이르기까지 모든 단계에 참여할 수 있게 되었다. 특히 개발도상국의 소규모 자영농은 다국적 기업이 진출하면서 이들에게 고용된 현장 노동자로 전락해 버렸다.

👤 비만 확산은 결국 물가의 문제?

전 세계적인 비만 확산에 있어서 다국적 기업은 어떤 역할을 했을까? 1980년대 초부터 다국적 기업의 자본이 개발도상국의 식품 생산과 유통에 본격적으로 투입되기 시작했다. 1980년 90억 달러에 불과했던 투자액이 2000년에는 360억 달러로 늘었고, 매출액도 1982년 390억 달러에서 2000년 1,500억 달러로 급증했다. 다국적 기업의 투자는 부가 가치가 높은 가공식품에 주로 이루어졌고, 개발도상국의 식품 시스템 자체를 바꾸어 버리는 결과를 초래했다. 가공식품은 영양 가치가 떨어지기 때문에 개발도상국 국민의 영양 상황은 개선되지 않았다.

그러고 보면 비만은 물가의 문제일 수도 있다. 1980년대부터 설탕이나 지방 등이 많이 포함된 가공식품의 가격이 대폭 하락하고, 채소나 과일, 생선, 우유 등 신선식품의 가격은 상승했다. 건강식품의 가격은 올라가고, 정크푸드의 가격은 내려간 것이다. 소비자는 싼값에 더 열량이 높은 식품을 구매하는 게 합리적인 경제 활동이라고 여긴다. 그렇기에 비만은 '비만을 유발하는 다양한 식품을 시장에서 팔아 소비하도록 만들어 놓은 시스템이 야기한 현상'이라고 이야기할 수 있다. 거꾸로 말하면 건강식품의 가격을 낮추고 정크푸드의 가격을 높인다면 역전될 수도 있다는 희망이 있지 않을까?

하지만 거대 유통 업체들이 전 세계적인 식품 체제를 좌우하고 있고, 일부 기업이 독점하고 있으므로 아직은 불가능한 일이다. 월마트나 코스트코를 비롯한 불과 30여 개의 유통 업체가 세계 식품 공급의 3분의 1을 차지할 정도이다.

자국에서의 영업이 한계에 이른 슈퍼마켓은 해외 시장으로 눈을 돌려 개발도상국을 비롯한 세계 곳곳으로 무한 확장하고 있다. 이러한 다국적 슈퍼마켓의 진출은 그 나라의 유통 구조에 큰 변화를 불러온다. 전통적인 잡화점과 노점상은 붕괴할 수밖에 없고, 식품 체제가 다국적 기업의 요구에 적응하는 결과를 초래한다. 미국 내에서 팔리던 물건이 전 세계적인 판매망을 갖게 됐고, 수많은 가공식품과 패스트푸드가 넘쳐나게 됐다.

🧍 늘 같은 것만 선택하게 만드는 슈퍼마켓

슈퍼마켓과 비만은 어떤 관계가 있을까? 슈퍼마켓이든 편의점이든 마트든, 우리에게 다양한 상품을 선택할 기회를 제공해 준다. 그러나 이 선택의 기회가 정말로 다양한 것인지, 음식에 대한 정확한 정보를 제공하는지는 다른 문제이다.

가공식품이 주로 진열된 편의점, 슈퍼마켓, 마트의 상품들은 거의 비슷하다. 지방, 설탕, 소금 삼총사가 적절히 배합된 가공식품, 인공색소와 각종 화학 첨가물이 들어간 가공식품을 선택할 수밖에 없는 상황이다. 따라서 겉으로 보기에는 다양한 상품을 사는 것 같지만 결과적으로는 한 가지 음식만 먹는 것과 같은 상황이 될 수 있다.

더구나 슈퍼마켓은 저임금 노동자를 목표로 하므로, 소득이 낮은 처지에 있는 사람들은 열량이 높고 포만감을 주는 비슷한 상품을 선택할 수밖에 없다. 편의점이나 슈퍼마켓에 진열되는 상품이 달라지면 우리의 선택도 달라진다. 그렇기에 우리가 방문하는 슈퍼마켓에 어떤 상품이 진열돼 있느냐에 따라서 삶의 질도 달라질 수 있다.

그렇지만 슈퍼마켓이 비만의 직접적인 원인인지, 아니면 그곳에서 선택하는 상품 때문에 비만이 유지되는 것인지는 아직 확실하지 않다.

👤 달걀을 한 바구니에 담지 마라!

토머스 프리드먼(Thomas L. Friedman)이 지은 《세계는 평평하다(The World Is Flat)》라는 책에는 세계화의 개념이 잘 설명되어 있다. 세계화란, 전 세계가 다국적 기업이 참여한 큰 시장이 되어 문화를 균질화하는 방향으로 흐르고 있는 것을 의미한다. 이 세계화의 물결에 따라 많은 나라의 비만율이 상승하고 있다는 것을 알 수 있다. 우리나라만 해도 세계무역기구(WTO)에 가입한 1995년 이후 외국계 패밀리 레스토랑의 진출이 활발해졌다. 그 후 비만율이 급증했고, 채소 섭취 등은 감소하는 양상을 보였다.

슈퍼마켓과 패스트푸드 체인점의 확산은 전 세계 음식 문화를 균질화해 어디를 가든지 비슷한 음식을 먹을 수 있게 됐다. 비슷한 상품을 어디서나 쇼핑하는 것이 가능하다. 세계화와 음식 문화의 균질화를 얘기할 때 빠지지 않는 기업이 맥도날드이다. 조지 리처(George Ritzer)가 제시한 '맥도날드화(McDonaldization)'의 개념 때문에 전 세계적인 음식 문화가 변하고 있다는 얘기다.

지금 우리가 먹는 바나나는 딱 하나의 품종이다. 1960년대 이전에 주로 먹었던 그로 미셸(Gros Michel)이라는 바나나는 곰팡이병의 일종인 파나마병으로 거의 멸종했고, 지금은 남미 일부 지역에만 남아 있다. 우리가 현재 먹는 바나나는 병에 강한 품종인 캐번디시(Cavendish) 바나나이다. 그런데 이 바나나 역시 신(新)파나마병이라고 하는 곰팡이병이 동남아에 확산하면서 멸종할지도 모른다는 불안감이 커지고 있다.

바나나의 사례는 다양성을 잃으면 정체성도 잃게 된다는 것을 보여 준다. 카길, 몬산토, 월마트 등 특정 기업이 경제적인 면뿐만 아니라 정치, 사회, 문화적인 면에서도 영향력을 행사하고 권력까지 갖춘 단계라면 어떻게 대처해야 할까? 시민들이 깨어 있어야 하고, 지나친 독점의 폐해를 인식해야 한다. 다양성의 회복이라는 관점은 비만 문제의 극복에 있어서 반드시 생각해 보아야 할 주제라고 여겨진다.

식품 산업이 찾아낸
비장의 전략

우리는 보통 배부르면 먹는 것을 그만둔다. 이 당연한 행동이 식품 산업의 입장에서 보면 상당히 유감스러운 일이라고 한다. 어떻게 하면 소비자들이 더 많이 사서 먹게 할 수 있을까? 그들은 마침내 비장의 전략을 찾아냈다. 그건 무엇이었을까?

👤 맥도날드 소송

2002년 11월 미국 뉴욕의 청소년들이 대표적인 패스트푸드사인 맥도날드를 상대로 소송을 제기한 적이 있었다. 이들은 굉장히 뚱뚱했는데, 수년간 거의 매일 맥도날드의 패스트푸드를 먹었다고 한다. 비만에 당뇨병에 고혈압까지 앓고 있었던 이 청소년들은 "모두 다

패스트푸드 때문이다."라고 말했다. 이들의 변호사는 맥도날드가 패스트푸드의 악영향에 대해서 적절한 정보를 제공하지도 않았고, 수십억 달러에 달하는 엄청난 광고 공세를 퍼부어서 청소년들이 아무 생각 없이 패스트푸드를 먹게 해 왔다고 주장했다.

이 소송에 대해 대중은 그야말로 엄청난 비난을 퍼부었다. "자신의 탐식과 방만의 책임을 기업에 돌려서 돈이나 뜯어내려는 부도덕한 태도를 가진 애들이야."라며 자기들이 알아서 먹어 놓고는 왜 이런 말도 안 되는 소송을 했느냐는 것이었다.

2003년 2월 뉴욕 지방법원의 판사는 변호사가 맥도날드의 혐의를 충분히 입증하지 못했다는 이유로 그들이 제기한 소송을 기각했다. 그런데 판결문의 끝에 다음과 같은 이야기를 덧붙였다.

"패스트푸드를 먹는 것만으로 비만의 유전적 요인이나 사회적 소인과 같은 다른 원인이 없이도 살이 찔 수 있다는 것을 증명한다면 아마 패스트푸드 회사를 태만죄로 고소할 수 있을 것이다."

이 문구에서 아이디어를 얻은 영화감독 모건 스펄록(Morgan Spurlock)은 〈슈퍼 사이즈 미(Super Size Me)〉라는 다큐멘터리 영화를 제작하여 2004년에 개봉했다. 스펄록의 질문은 이것이었다. "한 달 내내 패스트푸드만 먹고 살면 몸이 어떻게 될까?" 그는 자기 몸을 실험 대상으로 삼아서 패스트푸드가 건강에 미치는 영향을 영화로 기록했다. 한 달 만에 스펄록의 몸무게는 11kg 증가했고, 지방량은 11%에서 18%로 뛰었다. 심한 두통과 함께 기분은 널을 뛰었다. 콜레스테롤도 엄청나게 치솟았고 간에는 지방이 잔뜩 끼었다.

이 영화가 공개된 후 맥도날드 홍보팀은 스펄록의 행동이 무책임하다고 비난했다. 하지만 이미 엎질러진 물이었다. 대중은 과도한 패스트푸드 섭취의 위험성을 알아 버린 뒤였다. 우연의 소치인지는 모르나, 영화가 공개되고 얼마 후에 맥도날드 체인점에서 슈퍼 사이즈 메뉴가 사라지고 대신 메뉴판에 샐러드와 신선한 과일이 등장했다.

스펄록의 주장은 간단했다. "맥도날드 등 패스트푸드 산업이 현대 사회 비만 확산의 원인이다. 비만은 자본의 논리가 만들어 낸 잘못된 식생활에서 비롯된다."

이들은 과연 희생양에 불과할까? 우리가 살고 있는 현대 사회에 열량 증가의 원인을 제공하지는 않았을까? 패스트푸드 산업을 비롯한 현대의 식품 산업은 비만의 전 세계적인 확산에 어느 정도의 책임이 있을까?

🍴 식품 산업의 주장

식품 산업은 "누구에게나 자기 입에 들어가는 것은 자기 책임이다."라고 주장한다. 하지만 이 주장은 다음과 같은 두 가지 면 때문에 성립이 안 될 수도 있다.

첫 번째는 선택 가능성이다. 미국에서 생산되는 식품의 90% 정도는 10개의 대기업이 판매한다. 따라서 소비자는 10대 대기업의 상품을 선택할 확률이 높아지고 선택 가능성이 제한될 수 있다. 우리나라의 경우, 코로나19 팬데믹으로 시장 규모가 급격하게 커진 가정 간편식 시장은 CJ제일제당, 오뚜기, 대상 등 3개 업체가 80% 정도의 점유율을 보였다. 특히 CJ제일제당의 점유율은 50%를 훌쩍 넘는 수준이다. 소비자의 선택 가능성은 당연히 제한될 수밖에 없다.

두 번째는 접근성이다. 경제적, 지리적 영향으로 인해 접근성이 제한될 수 있다. 미국이나 영국에는 '식품 사막(food desert)'이라는 개념이 존재하는데, 신선식품을 구하기 힘든 지역을 말한다. 이러한 지역에는 주변 1마일 이내에 신선식품을 파는 슈퍼마켓이 없다. 따라서 이 지역에 사는 사람들은 패스트푸드 등을 파는 소규모 상점에서만 식품을 사야 한다. 접근성에 심각한 제한이 생기는 것이다. 우리나라도 예외는 아니다. 온라인 식품 유통 시장이 급속히 성장하면서 노령화와 지역 소멸이 진행 중인 농어촌 마을에 식품 사막이 확산하고 있다. 《농민신문》이문수 기자가 작성한 전국 식품 사막 지도에 따르면 전국 3만 7,563개 행정리 중 75%에 해당하는 2만 7,609개 지역에는 식료품을 살 수 있는 소매점이 없는 것으로 나타났다.

식품 산업은 "어떤 음식이든 균형 잡힌 식단의 일부가 될 수 있다."라고 주장한다. 모든 열량은 다 똑같다는 말이다. 패스트푸드에서 왔든, 당근에서 왔든, 브로콜리에서 왔든 다 똑같은 열량이라는 것이다. "설탕이나 과당은 그냥 속이 빈 열량일 뿐이야."라고 주장한다. 열량만 제공할 뿐 어떤 해로운 영향을 미치지 않는다는 말이다. 하지만 음식에 대한 우리 몸의 생화학적 반응은 음식 종류에 따라 달라질 수 있다.

아울러 그들은 "비만과 싸울 수 있는 지속적이고 효과적이고 유일한 방법은 사람들이 균형 잡힌 식생활 방식으로 살도록 격려하는 것"이라고 주장한다. 다양한 음식을 적당량 먹고 일상생활에서 신체 활동을 많이 하도록 권장해야 한다는 말이다. 하지만 이 주장이야말로 비만 확산의 원인을 너무 단순화한 것이다. 신체 활동 저하가 비만의 주된 원인이라고 주장하는 것이다.

👤 어떻게 하면 많이 사서 먹게 할 수 있을까?

식품 산업은 고의로 사람들을 살찌게 했을까? 그건 아닐 것이다. 마치 담배 회사가 일부 흡연자들을 일부러 암에 걸리도록 유도한 건 아닌 것처럼 말이다. 기업의 목적은 이윤 창출이다. 자본주의 사회에서는 누구나 기업을 만들 수 있고 돈을 벌 수 있다. 그들이 신제품을 개발할 때 고려해야 할 사항은 영양상의 필요를 충족하는지가 아니라, 소비자가 원하는 상품을 만드는 것이다. 소비자는 새롭고, 가격이 적당하고, 맛있고, 매력적인 겉모양을 가진 식품을 원한다. 아울러 먹고 죽으면 안 되니까 안전해야 한다.

어쨌든 식품 기업의 유일한 관심은 "어떻게 하면 소비자가 더 많이 사 먹게 할 수 있을까?"이다. 기업들은 1970년대에 드디어 비장의 전략을 찾아냈다. 가히 유레카를 외칠 만한 전략이었다. 그런데 그게 매우 단순한 것이었다. 앞서 살펴보았듯이 이 전략 덕분에 현대인의 식습관은 크게 변했다.

첫 번째 비장의 전략은 '많이 주기', 즉 대형화 전략을 취한 것이다. 포만감은 상당히 유연한 감각이어서 많이 먹는다고 반드시 배가 더 부른 건 아니다. 조금 먹는다고 꼭 포만감을 느끼지 못하는 것도 아니다. 우리 눈앞에 있는 음식의 양이 증가하면 그에 비례해서 우리의 식욕도 증가한다. 어느 한계의 범위 내에 있다면 앞에 있는 거의 모든 음식을 먹는 게 인간의 생리이다. 즉, 많이 줄수록 많이 먹는다. 조금은 어이없고 아주 단순한 원리지만 이를 식품 회사들이

그림 5-4. 1950년대(왼쪽)와 2015년(오른쪽)에 사람들이 적당하다고 느낀 1인분 음식 크기

비만 권하는 사회에서 살아남기

발견한 것이다. 양은 늘리되 가격은 조금만 올려서 더 많은 양을 더 싸게 산다고 느끼도록 했다. 사실 식품 가격에서 재료 자체의 비율은 낮은 편이다. 양을 2배로 늘렸다고 2배의 비용이 드는 건 아니다. 2배의 프렌치프라이를 먹는 돼지가 아니라, 똑똑하고 요령 있는 소비자로 보이도록 한 것이다. 그 결과, 1950년대에 사람들이 적당하다고 느낀 1인분의 양과 2015년에 사람들이 적당하다고 느낀 1인분의 양은 큰 차이를 보인다.〈그림 5-4〉

두 번째 전략은 누구나 좋아하는 '세트 메뉴'의 도입이다. 단품만 먹으면 뭔가 손해를 본 것 같은 기분이 든다. 그래서 세트 메뉴를 시킨다. 그러면 뭔가 건진 것 같다. 세트 메뉴를 시키면 우리는 절약하는 똑똑한 소비자가 된 것 같다. 이 전략은 패스트푸드 레스토랑에서 시작해서 모든 레스토랑으로 퍼졌다.

세 번째는 대형 창고형 매장에서 흔히 택하는 전략으로 1+1, 혹은 2개 사면 하나 더 주기 같은 '묶음 판매' 전략이다. 한 개를 살 가격으로 두 개를 살 수 있으니, 우리는 똑똑하고 요령 있는 소비자가 된 것 같다. 하지만 우리의 구매량은 늘어난다. 소비도 늘어나고 결국 많이 먹게 된다. 그리고 간혹 유통기한이 지나서 버리기도 한다.

👤 광고로 좌우되는 우리의 선택

우리는 모두 소비 활동을 하는 소비자이다. 소비자로서 합리적인 선택을 한다고 늘 자부하지만, 정말 그럴까? 그러나 이런 생각은 광고의 엄청난 위력을 간과한 순진한 생각일 뿐이다. 식품 회사의 광고는 우리의 선택을 크게 좌우한다. 광고에서는 장점을 부각해서 판매를 높이고자 노력한다. 따라서 한정된 시간 내에 소비자들의 흥미를 확실하게 불러일으켜 마음을 끌려면 품질보다는 이미지를 높이는 전략을 취해야 한다.

"하루에 사과 하나면 의사를 볼 일이 없다."라는 말이 있다. 아직도 이 말을 믿는 사람이 많아 보이지만, 실은 20세기 초 미국의 사과 농장주들이 사과 소비를 촉진하려고 확산시킨 광고 표어였다. 당시 미국에서는 사과를 그냥 먹는 것이 아니라 주로 사과주를 담그는 데 썼는데, 20세기 초 대공황으로 금주령이 내려지면서 사과주를 담그지 못하자 수많은 사과가 썩어 나갔다. 그때 생각한 것이 바로 이 표어였다. 이 표어를 확산시켜서 사과 소비를 늘리고자 한 전략이었다.

우리는 과연 광고를 보면서 올바른 선택을 할 수 있을까? 예를 들어 보자. 1992년 영국에서는 초콜릿 과자를 홍보하는 데 약 1억 3천만 달러가 사용됐다. 하지만 신선한 과일이나 채소, 견과류 등의 홍보에는 겨우 600만 달러 정도가 사용됐다. 22배나 차이가 난다. 1997년 미국에서도 마찬가지로 패스트푸드 등 가공식품의 광고비로 110억 달러가 지출됐지만, 채소나 과일 등 신선식품의 광고비로는 3억 달러만 지출됐다고 한다. 무려 37배에 달하는 차이다. 공정한 경쟁은 생각할 수도 없는, 이미 기울어진 운동장인 셈이다.

균형 잡힌 식단 피라미드에서는 통밀빵과 곡물, 감자 그리고 과일,

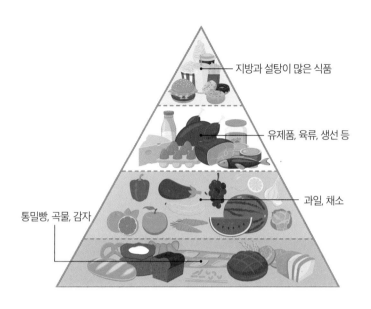

지방과 설탕이 많은 식품

유제품, 육류, 생선 등

과일, 채소

통밀빵, 곡물, 감자

지방과
설탕이 많은
식품, 단 과자류,
설탕이 많이 든
시리얼, 즉석식품,
패스트푸드

그림 5-5. 균형 잡힌 식단 피라미드(위)와 TV 어린이 프로그램의 광고 시간에 주로 광고되는 식품(아래)

채소를 많이 먹고 지방과 설탕이 많은 음식은 조금 먹으라고 권고한다. 하지만 TV 어린이 프로그램 광고 시간에 실제로 어린이들에게 주로 광고하는 것은 지방과 설탕이 많이 들어간 식품이다. 시리얼, 초콜릿, 패스트푸드 등이 주된 손님이다. 이런 걸 보면 지방이나 설탕이 많이 들어간 식품은 많이 먹고, 통밀빵이나 통곡물, 감자, 과일, 채소 등은 조금 먹으라고 권고하는 꼴이 아닐까.

기업들이 특히 총애하는 대상은 평생 고객이 될 가능성이 큰 어린이들이다. 어린이들에게 가장 효과적인 광고 매체는 예전에는 TV였고 지금은 스마트폰이다. 미국에서 조사한 어린이 시청률이 높은 시간대의 TV 음식 광고 중 91% 이상은 지방, 설탕, 소금이 많이 들어간 제품이었다. 영국도 마찬가지였고 우리나라도 아마 비슷할 것으로 생각한다. 이들 광고는 유익함이나 영양적인 가치보다는 즐거움이나 맛을 강조한다. 그런데 문제는 광고로 인해 잘못된 메시지가 전달될 수도 있다는 점이다. 혹시 과일 맛 탄산음료에 과일이 들어 있다고 생각할 어린이들도 있지 않을까? 유명한 운동선수나 연예인이 먹었던 시리얼을 먹으면 나도 저렇게 튼튼해지고 날씬해질 수 있다고 생각할 수도 있지 않을까? 엄청난 열량을 자랑하는 햄버거는 늘씬하고 건강한 이미지의 영화배우, 연예인, 운동선수들이 광고한다. 어린이들에게 잘못된 메시지를 심어 줄 소지가 다분해 보인다.

그렇다면, 실제로 광고가 어린이의 식품 선택에 영향을 미칠까? 이에 관한 연구가 있었다. 캐나다 몬트리올에서 영어를 사용하는 어린이와 프랑스어를 사용하는 어린이의 시리얼 소비량을 비교했다.

영어로 방송되는 TV 채널에서는 시리얼 광고가 나왔지만, 프랑스어로 방송되는 TV 채널에서는 시리얼 광고가 없었다. 시리얼 소비량을 비교한 결과, 영어를 사용하는 어린이들의 소비량이 훨씬 더 높았다고 한다.

어린이들이 광고를 주로 접하는 매체인 TV는 아동 비만과 밀접한 관련이 있다. 비만 아동은 TV 시청 시간이 더 길다고 한다. TV 시청 시간이 늘어나면 비만의 위험성과 유병률 모두 증가한다. 비만 아동의 TV 시청 시간을 제한하는 것만으로도 체중 감소가 일어난다. 스마트폰 역시 마찬가지다. 스마트폰 사용 시간이 증가하면 아동 비만의 가능성도 증가한다.

PART 6

다이어터를
웃고 울리는
식욕의 비밀

비만을 설계하는 호르몬, 인슐린과 렙틴

　흔히들 탐식과 나태가 비만의 원인이라고 이야기한다. 그런데 만약 이 과정이 거꾸로 된 것이라면 어떨까? 우리가 생물학적으로 뚱뚱해지는 과정 중에서 많이 먹고 게을러졌다면 말이다. 비만이 유행하게 된 이유는 우리 뇌의 생화학 작용이 바뀐 탓이고, 우리 뇌의 생화학 작용이 바뀐 것은 우리를 둘러싼 환경이 변한 결과이다. 뇌에서 일어나는 배고픔, 스트레스, 보상에 대한 반응이 잘못돼서 우리 몸은 인슐린을 과다 분비하고, 그로 인해 비만과 대사증후군이 유발된다. 따라서 비만은 두뇌에서 일어나는 생화학적 변화라고 할 수 있다.

👤 비만의 첫 번째 조건, 배고픔

호르몬계의 CEO라고 불리는 시상하부는 우리 몸의 에너지 균형을 조절하는 데 있어 핵심적인 역할을 담당하는 곳이다. 에너지 균형은 우리의 생존이 달린 절박한 문제이고 인간이 수행하는 가장 복잡한 기능이다. 그 기본 전략은 에너지의 소모가 아닌 효율적인 저장이다. 따라서 우리는 에너지를 가장 효과적으로 저장하는 세포인 지방 세포를 잘 형성하도록 진화해 왔다.

• 포만감과 배고픔

포만감은 복내측 시상하부(ventromedial hypothalamus)의 '포만 중추(satiety center)'에서 느낀다. 외측 시상하부에는 배고픔을 느끼는 '배고픔 중추(hunger center)'가 위치한다. 포만 중추에 이상이 생기면 우리는 포만감을 느끼지 못한다. 따라서 매우 많이 먹게 되고 활동량은 굉장히 줄어들어 엄청난 비만이 된다. 반면, 배고픔 중추에 이상이 생기면 배고픔을 느끼지 못하므로 거식증이 유발될 수 있다.

음식 섭취량이 증가하면 지방 세포에서 식욕 억제 호르몬인 렙틴을 분비한다. 렙틴은 포만 중추가 있는 복내측 시상하부에 '자, 인제 그만 먹어'라는 신호를 보낸다. 아울러 '자, 이제 에너지 소비를 늘려'라는 신호도 보내 활동량을 늘리고 에너지를 소비하게 한다. 굉장히 잘 돌아가는 피드백 기전이 아닐 수 없다. 만약 렙틴의 식욕 억제 기전이 적절하게 유지된다면 우리는 별로 체중 걱정을 할 필요가 없을 것이다.

• 뇌 굶주림과 렙틴 저항성

하지만 복내측 시상하부의 렙틴 신호에 결함이 생기면 우리는 포만감을 잘 느낄 수 없다. 실제로는 배가 고프지 않고 몸에 에너지가 가득 차 있어도 뇌는 굶주리고 있다고 느낄 수 있는 것이다. 이를 '뇌 굶주림'이라고 부른다. 뇌 굶주림은 다음과 같은 두 가지 경우에 발생할 수 있다.

첫 번째는 '렙틴 부족(결핍)'이다. 렙틴 유전자의 돌연변이로 인해 렙틴을 잘 만들어 내지 못하면 복내측 시상하부에 렙틴 신호가 전달되지 않는다. 아무리 먹어도 포만감을 느낄 수 없어 엄청난 비만이 된다. 렙틴 돌연변이 환자에게 렙틴을 투여하면 극적으로 살이 빠진다. 그런데 문제는 비만한 사람 중에 렙틴 돌연변이로 인해 비만이 된 사람은 아주 드물다는 것이다. 렙틴 돌연변이 환자는 세계적으로 수십 명에 불과할 정도로 매우 희귀하다.

두 번째는 '렙틴 저항성'이다. 비만한 사람 대부분은 지방량이 증가하여 렙틴을 많이 분비하지만 식욕은 줄어들지 않는다. 그 이유는 렙틴 저항성이 생겼기 때문이다. 비만 인구 대부분은 렙틴 수치가 높지만, 렙틴 저항성으로 고생하고 있다. 렙틴 저항성을 해결한다면 아마도 현대 사회의 비만 문제 해결에 획기적인 전기가 마련될지도 모른다.

굶주린 사람과 비만한 사람은 어떤 공통점이 있을까? 언뜻 생각하면 공통점이 없어 보이지만, 두 사람 모두 쉬이 피곤해지고 기분이 나빠지고 쉽게 우울해질 수 있다. 그 이유는 굶주린 사람은 렙틴 수치가 낮고, 비만한 사람은 렙틴 저항성이 생겼을 가능성이 크기 때문이다. 둘 다 렙틴 신호에 적절하게 반응할 수 없는 경우이다.

• 인슐린 과잉과 렙틴 저항성

렙틴 저항성은 인슐린 과잉과 밀접한 관련이 있다. 복내측 시상하부의 인슐린이 지속적으로 높아진 상태에서는 렙틴이 복내측 시상하부에 신호를 적절히 전달할 수 없다. 마치 인슐린이 렙틴을 억제하는 것처럼 나타난다. 즉, 인슐린은 복내측 시상하부의 렙틴 신호를 차단할 수 있다. 이게 바로 뇌 굶주림 상황을 유발하는 것이다. 우리 몸은 실제로는 에너지가 가득 차 있지만, 뇌는 배고프다고 느낄 수 있다.

인슐린은 포도당, 지방산, 아미노산을 조직에 에너지의 형태로 저장하는 호르몬이다. 즉, 에너지를 지방으로 저장하려면 반드시 인슐린이 필요하다. 인슐린 수치가 높아지면 지방이 많이 저장되고, 인슐린 수치가 낮아지면 지방은 분해된다. 체중과 인슐린 분비량은 밀접한 관련이 있다. 따라서 인슐린 분비량이 많은 사람은 BMI가 높을 가능성이 크다.〈그림 6-1〉

현대인은 인슐린 과잉 상황을 보이는 경우가 많다. 체중과 관계없이 오늘날 대부분의 사람들은 같은 양의 혈당에 대해 40여 년 전의 사람들보다 2배나 많은 인슐린을 분비한다고 한다. 오늘날의 청

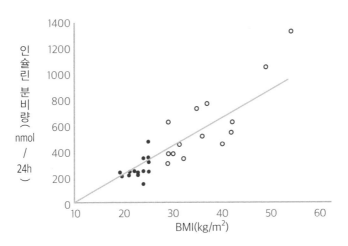

그림 6-1. 인슐린 분비와 체중(BMI)의 상관관계

소년들은 1975년의 청소년들보다 인슐린 분비 수치가 2배 정도 높다고 알려져 있다. 그리고 전체 비만 인구의 80%가량은 고인슐린혈증, 즉 인슐린 과잉이 원인이라고 한다.

정리하면, 복내측 시상하부의 인슐린이 만성적으로 높은 상황에서는 시상하부에 렙틴 신호가 제대로 전달되지 않는 렙틴 저항성이 생긴다. 뇌는 이를 굶주림 상황으로 받아들인다. 배가 고프면 교감신경 활동이 감소하여 에너지 소비가 줄어든다. 신체적 활동이 감소하여 소파에 드러누워 움직이지 않는다. 즉, 나태가 나타나는 것이다. 부교감신경(미주신경) 활동은 증가한다. 배고픔이 증가하여 음식 섭취량이 늘어난다. 즉, 탐식이 나타난다. 비만의 원인으로 흔히 꼽는 나태와 탐식은 비만의 원인이 아니라, 우리가 뚱뚱해지는 과정 중에 인슐린이 높아져서 나타난 결과일 수도 있다는 말이다.

👤 비만의 두 번째 조건, 스트레스

우리는 스트레스를 받으면 그 위협을 뇌의 편도체에서 해석하고 처리한다. 편도체는 다음과 같은 두 가지 시스템을 활성화한다.

첫 번째는 교감신경계이다. 편두체에 의해 교감신경계가 활성화되면 부신수질에서 에피네프린(epinephrine)의 분비가 증가한다. 에피네프린은 심박수를 증가시키고 혈압을 올리고 혈당을 높인다. 즉, 스트레스 상황에 적절히 대응할 수 있게 한다. 이 반응을 '투쟁 혹은 회피' 반응이라 부른다. 더욱더 급박한 상황에서 활성화하는 반응이다.

두 번째는 편도체-시상하부-뇌하수체-부신피질로 이어지는 시스템으로, 부신피질에서 스트레스 호르몬인 코르티솔(cortisol)을 분비하게 한다. 코르티솔은 스트레스에 반응해 혈압을 올리고 혈당을 증가시킨다. 위기 상황을 극복할 만한 에너지를 공급하는 것이다. 우리는 코르티솔 덕분에 정신을 번쩍 차리고 집중력을 높여 시험 같은 스트레스 상황을 견뎌 내는 힘을 얻는다.

• 만성 스트레스와 내장비만

스트레스가 사라지면 우리 몸은 코르티솔 수치를 낮춘다. 에피네프린도 떨어지고 항상성이 회복된다. 이런 스트레스는 아무런 문제가 되지 않는다. 하지만 스트레스를 해결하지 못하고 스트레스에 대한 반응이 적절치 못하거나 스트레스가 오랜 기간 지속되면, 즉 만성적인 스트레스 상황에서는 코르티솔이 장기적인 분비 증가세를 보인다. 코르티솔이 이렇게 통제를 벗어나는 이유는 아직 명확하게 밝혀지지 않았다.

생명의 위협을 느끼는 급성 스트레스를 주로 겪었던 선조들과는 달리 현대인은 크고 작은 지속적인 스트레스에 항상 노출되어 있다. 주로 정신적인 스트레스이다. 하지만 신체 활동은 거의 없으므로 에너지가 부족한 경우는 거의 없다. 그런데도 우리는 스트레스를 받으면 흔히 고당분 음식을 찾는다. 이는 과식과 폭식을 유발할 수 있다. 코르티솔과 인슐린 수치는 계속 올라가 있고 항상성은 회복되지 않는다. 그 결과는 지방의 과다 축적으로 이어진다. 특히 복부에 지방이 많이 축적되고 내장비만이 유발된다.

• 스트레스와 수면 부족

우리가 겪는 스트레스는 수면 부족을 일으킬 수 있다. 스트레스를 받으면 코르티솔 수치가 높아지고, 코르티솔이 증가하면 수면 부족을 유발할 수 있다. 수면이 부족하면 코르티솔 수치가 더 높아진다. 돌고 도는 회전목마 같은 관계이다.

잠잘 때 살이 빠진다는 말이 있다. 그것은 호르몬의 변화 때문이다. 충분히 자면 배고픔 호르몬인 그렐린은 감소하고, 식욕을 억제하는 호르몬인 렙틴은 증가한다. 따라서 잠을 잘 자면 살이 빠진다는 이야기이다. 하지만 수면이 부족하면 반대 현상이 나타난다. 렙틴은 감소하고 그렐린은 증가한다. 밤에 잠은 안 오고 배는 고프니 자연스레 야식을 먹는다. 야식으로 찾는 음식은 대부분 고열량, 고지방, 고설탕 음식이다. 따라서 체중과 BMI는 증가할 수밖에 없다.

수면 시간과 식이요법에 관한 한 연구에서는 비만 성인 10명을 대상으로 열량 섭취를 제한하는 식이요법을 시행했다. 더불어 한 그룹은 8.5시간을 자도록 했고, 나머지 한 그룹은 5.5시간만 자도록 했다. 그 결과 두 그룹 모두 체중이 감소했지만, 체지방은 8.5시산을 잔 그룹에서 더 많이 감소했고, 근육량은 5.5시간을 잔 그룹에서 더 많이 감소했다. 즉, 음식량을 조절해도 수면 시간이 부족하면 체지방보다는 근육량이 더 줄어든다는 것이다. 바람직한 체중 감량 현상은 아닌 것으로 보인다.

• 인슐린과 코르티솔의 이중주

인슐린과 코르티솔의 이중주가 스트레스로 인해 살이 찌는 것을 유도한다. 인슐린은 에너지를 저장하는 지방 저장 호르몬이다. 코르티솔은 살이 붙는 부위를 결정한다. 특히 배에 있는 지방 세포에는 코르티솔 수용체가 다른 부위보다 최대 4배가량 많아서 코르티솔이 많이 분비되면 복부에 내장지방이 잘 축적된다. 따라서 스트레스로 인해 인슐린이 증가하고 코르티솔이 증가하면 뱃살이 늘어나게 된다. 현대인에게 복부 비만이 흔해진 이유라고 할 수 있다.

우리 선조들은 내장지방을 가지고 있는 것이 적응의 측면에서 상당히 유리했다고 한다. 내장지방은 간 가까이에 있으므로 필요할 때 신속하게 간으로 에너지를 공급할 수 있었다는 것이다. 하지만 오늘날 우리에게는 더 이상 그런 경우가 없다. 내장지방은 선조들에게는 자산이었지만, 현대인에게는 빚일 뿐이다.

👤 비만의 세 번째 조건, 보상

우리는 보상이 있으므로 열심히 일한다. 보상이 있어서 살 이유가 생기는 것이다. 인간이 얻는 보상 중 가장 큰 것은 바로 즐거운 식사이다. 인간은 먹는 행위에서 가장 큰 즐거움과 보상을 느끼도록 진화해 왔다. 만약 먹는 것이 괴로웠다면 우리는 이미 멸망했을 것이다.

쾌락을 관장하는 곳은 복측 피개부(ventral tegmental area)와 측좌핵(nucleus accumbens) 사이의 신경 회로로 구성되어 있다. 일명 '보상 경로(쾌락 경로)'라고 부른다. 복측 피개부에서 분비된 도파민이 측좌핵에 있는 수용체에 결합하면 우리는 쾌락을 느낀다.

• 인슐린 과잉과 보상 경로의 교란

음식을 먹으면 보상 경로의 도파민이 올라가고 기분이 좋아진다. 그런데 렙틴은 보상을 없애는 역할을 한다. 충분한 음식을 섭취해서 렙틴이 증가하면 복측 피개부에 도파민 분비를 억제하라고 신호를 보낸다. 그러면 음식으로부터 얻는 보상이 줄어든다. 과식할 이유가 없어지는 것이다. 인슐린 역시 보상 중추의 도파민을 제거한다. 식사 중에 인슐린 수치가 증가하면 도파민이 제거되고 음식으로부터 얻는 보상이 줄어든다. 이 역시 과식을 막는 장치라고 할 수 있다.

그런데 인슐린 저항성이 생기면 렙틴 저항성이 유도되고 보상 중추에서 도파민이 제거되지 않는다. 그러면 계속해서 음식을 탐하게 되고 과식하기 쉬운 조건이 된다. 이를 보상 경로가 교란되었다고 표현한다. 유사한 자극(즐거움)을 얻으려면 더 큰 자극(많은 음식)이 필요할 수 있다.

이처럼 복측 피개부의 인슐린 활동이 만성적으로 증가한 상황에서는 렙틴 신호가 억제될 수 있고 도파민에 의한 쾌락 경로가 교란될 수 있다. 그러면 우리는 음식을 더 먹게 되는데, 그때 탐하는 것은 바로 고지방, 고설탕 음식이다. 여기서도 역시 탐식은 원인이 아니라 결과이다.

굶는 다이어트는
백전백패

    인터넷에는 수많은 다이어트 경험담이 넘쳐난다. 그중 가장 많은 것은 역시 먹는 것을 줄이는 절식 다이어트다. 한때는 일부 인기 연예인들의 몸매 비결로 알려진 '초절식 다이어트'가 유행하기도 했다. 하루에 정해진 열량만큼만 먹어야 한다. 물론 가장 좋아하는 떡볶이나 피자도 금지다. 먹는 양을 줄이면 처음 일주일 동안은 살이 잘 빠진다. 하지만 기뻐할 새도 없이, 쏟아지는 업무 스트레스에 생리 주기라도 겹치면 한밤중에 나도 모르게 치킨과 생맥주를 시켜서 다 먹어 버린다. 심한 죄책감에 다시 독하게 마음먹고 다이어트를 계속하지만, 살 빠지는 속도는 점점 더뎌지고 음식에 대한 열망은 커져만 간다. 결국 다시 식욕이 터져 폭식하게 되고 몸무게는 다이어트 시작 전보다 오히려 늘고 만다. 치킨은 예전보다 더 간절하게 먹고 싶어진다.

👤 미네소타 기아 실험

앤셀 키스는 1944~1945년 미네소타대학교에서 '미네소타 기아 실험'으로 알려진 연구를 진행했다. 이 실험은 기아 상태에 있는 사람들에게 어떻게 하면 효과적으로 영양을 지원할 수 있을지 알아보고 장기간의 굶주림이 인간의 신체, 정신, 사회적 행동에 어떤 영향을 미치는지 이해하고자 기획된 연구였다. 대부분 신념이나 종교적인 이유로 병역을 거부한 총 36명의 젊은 남성이 참여한 이 연구는 12개월에 걸쳐 이뤄졌다.

참가자들은 처음 12주 동안은 일반식을 유지하면서 육체노동을 했다. 그 후 24주 동안은 참가자들의 하루 섭취량을 1,500kcal가 넘지 않게 제한하고 육체노동을 계속하게 하면서 몸무게, 기분, 기초대사량의 변화를 조사했다. 참가자들은 어떤 변화를 보였을까?

예상대로 몸무게는 약 25% 감소했고 근육량도 줄어들었다. 하지만 기초대사량은 몸무게가 감소한 것으로 설명하기에는 힘든 수준으로 크게 떨어졌다. 실험 시작 전보다 무려 50%나 감소했다. 즉, 일일 식사량이 갑자기 줄어들자 몸은 에너지 소비량을 가능한 한 최저 수준으로 떨어뜨려 굶주림에 적응한 것이었다. 심박수와 호흡수는 느려졌고 체온은 낮아졌다. 참가자들의 기분은 엉망이 되었다. 우울증과 불안에 시달렸고, 집중력은 저하되고, 늘 먹는 것에만 지나치게 집착했다. 그들은 자나 깨나 온통 음식에만 관심을 쏟았다.

마지막 3개월 동안은 섭취 열량을 늘려 가면서 이전의 식단으로 돌아가자, 몸무게는 예상보다 더 빠르게 증가해 오히려 실험 전보다 더 늘었다. 기초대사량이 저하된 상태에서 먹는 양을 늘렸기 때문에 몸무게가 더욱 빠르게 늘어난 것이었다. 하지만 줄어든 근육 무게는 회복되지 않았고, 증가한 몸무게 대부분은 지방이 차지했다. 참가자들은 충분한 양의 음식을 먹었음에도 결코 만족하지 못했다. 음식에 대한 집착과 갈망은 한동안 계속되었다.

👤 다이어트는 몸에 대한 전쟁 선포와 같다

먹는 양을 줄이면 우리 몸은 이를 비상 상황으로 인식한다. 굶어서 살을 빼는 다이어트는 흉년에 맞닥뜨리는 기근 상황과 다름이 없다. 우리 몸은 다이어트와 기근을 구별할 능력이 없기 때문이다. 일부러 굶는지 아니면 진짜 먹을 것이 없어서 굶는지 몸은 모른다는 말이다. 몸이 인식하기에 다이어트는 전쟁과 같은 비상 상황이니, 최선을 다해 방어해야 한다. 전략은 간단하다. 아끼는 것이다. 수입이 줄면 소비를 줄이듯이, 몸은 남은 에너지를 지키기 위한 비상근무 체제에 돌입한다. 즉, 기초대사율을 최대한 낮춰서 있는 것이라도 아끼려고 노력한다.

아울러 우리 몸은 음식을 다시 공급하라는 강력한 신호를 뇌로 보낸다. 그래서 전보다 더 배가 고파진다. 먹는 것을 줄여 다이어트를 하는 사람이 느끼는 허기의 강도는 물을 마시지 않아 느끼는 갈증과 비슷하다고 한다. 이렇게 강력한 허기를 의지만으로 이겨 내기란 결코 쉽지 않은 일이다.

하지 말라고 하면 더 하고 싶어지는 게 인간의 심리이다. 지금까지 좋아하고 즐겨 먹었던 음식을 갑자기 끊으면 그에 대한 집착과 갈망은 더 심해진다. 예를 들어 피자를 끊겠다고 다짐하고 먹지 않으면, 온종일 머릿속에는 피자 생각뿐이다. 그러다가 그 음식을 다시 먹으면 뇌의 쾌락 중추가 더 예민하게 반응해 전보다 훨씬 맛있게 느껴진다. 폭식하기 쉬워지는 것이다. 우리 주변에는 맛 좋고 열량 높은 식품이 널려 있으며, 먹음직한 음식의 이미지나 광고가 넘쳐나는 환경에서 다이어트에 성공한다는 것은 오히려 이상하지 않을까?

🧍 굶는 다이어트는 잠깐 숨을 참는 것이나 마찬가지

앞서 살펴본 바와 같이 굶는 다이어트는 기초대사율을 낮춰 에너지 소모를 줄인다. 아울러 연구에 따르면, 굶는 다이어트는 식욕 조절에 관여하는 그렐린(배고픔 호르몬)과 펩타이드 YY(peptide YY, PYY, 포만감 호르몬)가 정상적으로 작동하지 않게 하여 폭식에 취약한 몸으로 만든다.

미국 워싱턴대학교의 한 연구진은 6개월간 굶는 다이어트를 해 몸무게를 17% 줄인 사람들의 그렐린 농도를 측정했다. 정상적인 흐름과 비슷하게 이들의 그렐린 수치는 아침, 점심, 저녁 식사 전에 가장 높았고, 식사 후에는 감소했다. 그러나 그렐린의 전체적인 농도는 전보다 24%나 증가했다. 다이어트 후 가장 낮은 그렐린 농도는 다이어트 전 가장 높았던 그렐린 농도와 거의 비슷할 정도였다. 즉, 온종일 배가 고팠다는 말이다. 심지어 식사 후에도.

한편 호주 멜버른대학교의 연구진은 10주 동안 굶는 다이어트를 한 사람들의 다이어트 직후와 1년 후의 그렐린 및 PYY 수치를 비교했다. 다이어트 직후 그들의 그렐린 수치는 크게 증가했고 PYY의 작용은 크게 약해졌다. 전보다 배는 더 고프고 배부름은 덜 느꼈다는 말이다. 그런데 다이어트가 끝난 지 1년이 지난 후 그들 대부분은 몸무게가 예전 수준으로 돌아갔다. 하지만 호르몬 수치는 회복되지 않았다. 그렐린은 여전히 높았고 PYY는 낮은 수준에 머물러 있었다. 여전히 식욕은 왕성하고 포만감은 덜 느낀다는 뜻이다.

굶는 다이어트는 잠깐 숨을 참는 것이나 마찬가지다. 잠시 참을 수는 있지만 오래는 안 된다. 아무리 의지가 강한 사람이라도 불가능하다. 그러니 이제부터는 다이어트에 실패했다고 해서 "난 의지박약이야."라는 말은 하지 않아도 좋다.

가짜 배고픔에
속으면

　배고픔은 먹을 필요가 있다는 것을 우리에게 알려 주는 몸의 방식이다. 혈당 수치가 일정 수준 아래로 떨어지고 위가 비면, 위장관의 세포에서 그렐린이 분비된다. 그렐린은 위산 분비와 위장의 운동을 증가시키고 배가 고파지게 한다. 그에 따라 음식에 대한 생리적 욕구가 높아지고 음식을 찾아서 먹게 된다. 음식을 충분히 섭취하여 위가 늘어나면 그렐린 분비를 멈추고 뇌에 신호를 보내 더는 배가 고프지 않음을 알린다. 이처럼 배고픔은 항상성을 유지하고 우리의 활동에 필요한 에너지를 공급하는 데 중요한 역할을 한다.

🧍 배는 부르지만 속은 허전

연료가 없는 자동차는 달리지 못하듯이 우리 몸도 음식이라는 연료가 있어야 원활하게 돌아갈 수 있다. 어제 저녁밥을 먹은 후 밤새 아무것도 먹지 않아 아침에 배에서 꼬르륵거리며 허기를 느낀다면 이건 진짜로 배고픈 것이다. 밥을 먹어야 배고픔이 가시고 음식에 대한 갈망도 줄어든다.

하지만 저녁밥을 든든히 먹고 난 후 후식으로 과일까지 챙겨 먹었지만 식탁을 떠나며 뭔가 허전한 느낌이 든다면? 이건 진짜로 배고픈 게 아니다. 그런데도 넷플릭스를 보며 입에 초콜릿이나 감자칩을 집어넣기도 한다. 혹은 상사에게 혼난 후 달콤한 아이스크림이 생각난다면? 이것도 역시 진짜 배고픔은 아니다. 이런 가짜 배고픔을 다른 말로 '감정적(혹은 심리적) 허기'라고 부른다. 실제로는 배고프지 않지만 배고프다고 착각하는 것이다.

감정적 허기를 느껴서 먹는 것은 진짜로 배가 고파서 먹는 것이 아니라 내 감정이 내가 먹게끔 하는 것이다. 이런 사람은 기분이 안 좋을 때 자기도 모르게 과자에 저절로 손이 간다. 한번 아이스크림 통을 열면 바닥이 보일 때까지 숟가락을 놓지 못한다. 퇴근할 때 편의점에 들러 양손 가득 군것질거리를 사서 들어가야 마음에 위안이 된다. 물론 과식할 위험도 커진다. 섭취 열량은 늘어나고 체중계 눈금은 오른쪽으로 기울어져 간다.

🧍 스트레스 후 찾아오는 가짜 배고픔

진짜 배고픔은 서서히 배가 고파 오지만, 가짜 배고픔은 갑자기 찾아온다. 가짜 배고픔은 치킨, 초콜릿, 라면, 짜장면 같은 자극적인 음식이 당기게 하는 경향이 있다. 생각보다 많이 먹었지만 쉽게 만족하지 못해 가끔 폭식하기도 한다. 차분하게 먹지 못하고 허겁지겁 먹은 후에는 자책감이나 부끄러움이 물밀듯이 밀려온다.

가짜 배고픔이 생기는 가장 흔한 원인은 스트레스이다. 그런데 스트레스의 종류에 따라 나타나는 반응이 다르다. 한강 변으로 아침 운동을 나가 한바탕 뛰는 상황을 생각해 보자. 뛰어야 하는 근육에 에너지를 공급하기 위해 심박수가 증가하고 혈압과 혈당이 높아진다. 운동을 끝내고 집에 돌아오면 에너지가 고갈되었으므로 보충이 필요하다. 음식을 먹어 당질과 지방을 충전하면 우리 몸은 다시 평상시와 같은 상태로 되돌아온다. 오래전에 선조들이 겪었던 스트레스는 이처럼 몸을 움직여야 하는 육체적인 스트레스가 거의 대부분이었다.

그러나 현대인에게 육체적인 스트레스는 그리 흔하지 않다. 우리는 주로 피하기 힘든 정신적인 스트레스를 받는다. 오늘 있을 팀별 과제 프레젠테이션을 하기 싫다고 학교를 빼먹을 수도 없고, 동료와 싸웠다고 해서 회사를 관둘 수도 없는 일이다. 스트레스는 쌓여 가지만 신체 활동은 거의 없으니 에너지는 부족하지 않다. 그런데도 우리는 스트레스를 받으면 달콤하고 열량 높은 음식을 탐한다. 만성적인 스트레스 상황에서 분비가 증가하는 호르몬인 코르티솔이 이런 음식을 특히 좋아하기 때문이다. 더구나 코르티솔은 음식 섭취를 자극하는 뉴로펩타이드 Y(Neuropeptide Y, NPY)의 분비를 자극한다. 시상하부에서 만들어지는 화합물인 NPY는 식욕을 강력하게 증가시킨다. NPY는 특히 탄수화물 함량이 높은 음식의 섭취를 증가시키는 것으로 알려져 있다.

눈앞에 보이면
먹고 싶어지는 이유

불투명한 병에 담긴 초콜릿과 투명한 병에 담긴 초콜릿 중 어느 쪽을 더 자주 꺼내 먹을까? 브라이언 완싱크(Brian Wansink)는 불투명 용기와 투명 용기에 초콜릿을 나눠 담은 후 책상 위에 놓아 두고 사람들이 얼마나 먹는지 알아보는 실험을 했다. 그에 따르면, 사람들은 불투명 용기에 담긴 초콜릿은 하루에 4.6회를 먹었지만, 투명 용기에 담긴 것은 7.7회를 먹었다. 투명 용기에 담았을 때 약 71%나 더 먹은 것이다. 이는 무심결에 하루에 약 77kcal의 열량을 추가로 섭취하는 것이고, 1년으로 치자면 체중이 무려 4kg이나 늘어날 수도 있는 효과이다.

이처럼 음식이 눈앞에 보이면 그 음식에 대해 더 많이 생각하게 되고 더 많이 먹게 된다. 우리 주변에는 우리를 유혹하는 맛있는 음식이 가득하고, 유튜브에는 맛있는 음식을 먹는 영상이 넘쳐난다. 정

비만 권하는 사회에서 살아남기

말로 우리는 단지 음식을 보는 것만으로도 먹고 싶어질까?

👤 먹방을 보면 비만이 될까?

사람들은 농담 삼아 코로나19로 인해 '확찐자'가 되었다고 말하곤 했다. 이 농담은 사실이었을까? 대한비만학회가 2021년 3월에 실시한 '코로나19 시대 국민 체중 관리 현황 및 비만 인식 조사'라는 설문 조사에 따르면, 국민 10명 중 4명이 코로나19 이후 몸무게가 3kg 이상 증가했다. 실제로 우리나라의 비만율은 2010년 30.9%에서 2019년 33.8%로 2.9% 증가했는데, 코로나19가 유행했던 2020년에는 38.3%로 1년 만에 4.5%나 증가했다. 일부에서는 코로나19 팬데믹 기간에 사람들의 활동량이 줄었고 실내에서 '먹방'을 보면서 배달 음식을 많이 먹은 것이 비만율 증가와 관련이 있을 것이라고 지적하기도 했다.

정말로 먹방은 허기지게 만들고 불필요한 과식을 유도해 사람들이 살찌게 하는 데 영향을 미칠까? 성인들의 경우 먹방을 시청했다고 해서 곧바로 식욕이 증가하고 많이 먹는 것 같지는 않지만, 시청 시간이 길어질수록 과체중 가능성은 더 커지는 것으로 보인다. 우리나라의 한 연구진이 발표한 바에 따르면, 남녀 모두 주당 먹방 시청 시간이 7시간 미만인 경우보다 14시간 이상인 경우 몸무게가 더 많이 나가는 것으로 나타났다. 먹방을 많이 볼수록 정제된 탄수화물 식품과 육류에 대한 높은 기호도를 보였지만, 조금 보는 사람들은 채소나 과일류를 선호한다고 답했다. 아침 식사 결식 비율과 배달 음식이나 야식을 먹는 빈도도 먹방을 자주 보는 사람들이 더 높았다. 아울러 먹방 시청 시간이 길수록 운동 횟수는 더 적었다. 이처럼 먹방을 많이 보는 사람은 바람직하지 못한 건강 행태와 식습관을 보일 가능성이 더 큰 것으로 보인다.

반면 어린이의 경우에는 먹방의 영향이 더 즉각적으로 나타난다. 영국에서 행해진 한 연구에 따르면, 과자를 먹는 영상을 본 어린이 그룹은 먹는 영상이 아닌 다른 영상을 본 어린이 그룹보다 32%나 더 과자를 먹었고 총에너지 섭취량도 더 많았다. 즉, 10세 안팎의 어린이들은 먹방을 보면 에너지 섭취가 즉시 증가하는 경향을 보였다.

👤 보이는 음식의 함정

먹방을 보고 있으면 위에서 그렐린 분비가 증가하고 췌장에서 인슐린 분비가 시작되면서 허기가 진다. 영국의 한 연구진이 음식 사진을 보여 준 후 뇌의 모습을 자기공명영상장치(MRI)로 찍었더니, 욕망과 관련된 뇌 부위의 신진대사가 24%나 증가했다는 보고도 있었다. 이런 것을 '보이는 음식의 함정'이라고 부른다. 배가 별로 고프지 않고 먹을 생각이 없다가도 눈앞에 음식이 보이면 배가 고파지고 먹고 싶어진다는 말이다.

먹방에 등장하는 음식은 대부분 열량이 높다. 연구에 따르면, 먹음직스러운 고열량 음식의 이미지를 보면 좀 더 충동적으로 그 음식을 선택하는 경향이 있다고 한다. 화면 속의 군침 도는 음식들을 보면서 먹느냐 마느냐 하는 유혹과 싸우다가 결국은 굴복하고 마는 셈이다.

'Out of sight, out of mind', 눈앞에서 멀어지면 마음에서도 멀어진다. 이는 음식에도 적용된다. 뷔페식당에 있는 아이스크림 통은 대부분 열려 있다. 통을 닫아 놓으면 어떻게 될까? 사람들이 먹은 아이스크림의 양이 통이 열려 있을 때의 절반으로 뚝 떨어졌다고 한다. 통을 여는 것이 귀찮아서 안 먹은 것이다. 이처럼 음식이 눈앞에 보이느냐, 보이지 않느냐는 먹는 양에 큰 영향을 미친다.

의지로는 이길 수 없는
체중 설정값

먹는 양은 엄청 많은 것 같은데 살이 별로 안 찌는 사람들이 있다. 이런 사람들은 부러움의 대상이 되곤 한다. 사실 절약 유전자의 관점에서 보자면, 이렇게 먹은 만큼 에너지를 얻지 못하고 저장도 못하는 건 효율적이라고 볼 수 없다. 지금이야 부러워하는 사람이 많지만, 예전 기준으로 치면 생존 가능성이 매우 낮은 저주받은 체질인 것이다. 많이 먹어도 살이 잘 안 찌는 사람들에게는 어떤 비밀이 숨어 있을까?

👤 에너지 소비 방식

우리 몸의 에너지 소비 방식은 세 가지로 나눌 수 있다.〈그림 6-2〉 첫

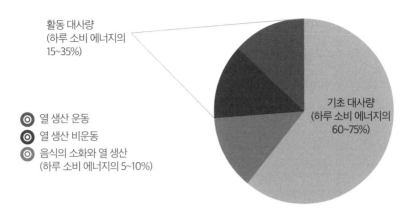

활동 대사량
(하루 소비 에너지의
15~35%)

◎ 열 생산 운동
◎ 열 생산 비운동
◎ 음식의 소화와 열 생산
　(하루 소비 에너지의 5~10%)

기초 대사량
(하루 소비 에너지의
60~75%)

그림 6-2. 우리 몸의 에너지 소비 방식

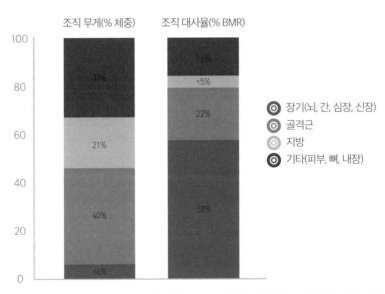

조직 무게(% 체중)　조직 대사율(% BMR)

◎ 장기(뇌, 간, 심장, 신장)
◎ 골격근
◎ 지방
◎ 기타(피부, 뼈, 내장)

그림 6-3. 비만하지 않은 남자에서 여러 장기 또는 조직이 기초대사율(BMR)에서 차지하는 비율

번째는 가장 많은 부분을 차지하는 기초대사량이다. 호흡이나 체온 유지 같은 생존을 위해 사용하는 에너지양인 기초대사량은 하루 동안 소비하는 에너지의 3분의 2 정도를 차지한다. 예를 들어 몸무게가 70kg인 남자는 아무것도 하지 않아도 기초대사량이 약 1,500kcal에 달한다. 그리고 두 번째로 소화와 열 생산에 약 10%가 쓰이고, 나머지 30% 정도는 신체 활동을 하는 데 사용된다.

보통 기초대사량은 선천적으로 정해지지만, 사람에 따라 큰 차이를 보이기도 한다. 어떤 사람은 다른 사람보다 에너지를 훨씬 적게 연소하지만, 어떤 사람은 섭취한 에너지의 상당 부분을 저절로 태워버리기도 한다. 존 스피크먼의 연구에 따르면, 체구가 같은 그룹에서 대사율이 가장 높은 사람(1,790kcal)과 가장 낮은 사람(1,075kcal)의 차이는 일일 715kcal에 달했다. 하루에 대사하는 에너지가 715kcal나 차이가 난다는 것은 대사율이 가장 낮은 사람은 매일 10km씩 달리기를 해야만 대사율이 가장 높은 사람이 소모하는 에너지와 같은 양을 소모할 수 있다는 의미이다.

기초대사량은 운동으로 변하기도 한다. 기초대사량에서 근육이 차지하는 비율은 20% 정도지만, 지방은 5%가 채 안 된다. 따라서 운동을 열심히 해서 근육을 키우면 기초대사량을 늘릴 수 있다. 현역 시절 엄청난 일일 섭취 열량으로 유명했던 미국의 수영 스타 마이클 펠프스는 근육량이 엄청나서 쉴 때 소비하는 에너지가 일반인보다 훨씬 많았다고 한다.

👥 교도소에서 있었던 일

절식 다이어트로 먹는 양이 줄어들면 뇌는 몸무게를 원래 상태로 되돌리려고 노력한다. 뇌는 음식 섭취를 부추기는 강력한 신호를 보내고 기초대사량을 줄여 체내에서 소비되는 에너지의 양을 줄인다. 그러면 반대로 우리 몸에는 과식 때문에 늘어나는 몸무게에 제동을 거는 장치도 있을까?

이런 궁금증과 관련해 미국 버몬트주 벌링턴에 있는 주립 교도소에서 실시된 한 실험이 주목된다. 미국의 과학자 이선 심스는 교도소 수감자들을 대상으로 단기간의 과식이 미치는 영향을 알아보았다. 연구 기간은 3개월이었고 체중을 25% 늘리는 것을 목표로 삼았다.

수감자들은 아침에는 달걀, 해시브라운, 베이컨, 토스트로 이루어진 정통 미국식 메뉴를 먹었고, 점심에는 샌드위치를 먹고 싶은 만큼 먹었으며, 저녁에는 스테이크나 치킨 요리에 감자와 채소를 함께 제공받았다. 게다가 야식으로 취침 전에 한 번 더 푸짐한 식사를 했다. 실험 전 2,200kcal였던 수감자들의 하루 섭취 열량은 4,000kcal로 늘었다. 하지만 연구진의 기대와는 달리 수감자들의 몸무게는 25%까지 늘지 않고 어느 선에서 멈추어 버렸다. 연구진은 하는 수 없이 섭취 열량을 처음 섭취했던 열량의 4배에 달하는 8,000~10,000kcal까지 늘렸다. 하지만 놀랍게도 일부 수감자는 매일 이렇게 많은 양을 먹었어도 몸무게가 더 이상 늘지 않았다.

엄청난 식사량에도 불구하고 도대체 왜 몸무게는 생각만큼 늘지 않았을까? 그 비밀은 수감자들의 기초대사율을 측정한 후에야 알게 되었다. 실험이 끝난 후 모든 수감자의 기초대사량은 엄청나게 증가해 있었다. 많이 먹어서 들어오는 에너지가 많아지는 환경에 맞춰 우리 몸은 평소 에너지 소모를 크게 늘린 것이었다. 즉, 폭발적인 체중 증가를 막기 위한 일종의 적응 반응이 작동한 듯 보였다.

이는 마치 정해진 어떤 지점으로 체중이 회귀하는 것처럼 보이기도 한다. 다이어트를 반복하면 요요 현상이 찾아오고, 많이 먹어도 생각만큼 살이 찌지 않는 이유는 과연 무엇일까? 그 비밀은 '체중 설정값'이라는 개념을 알아야 풀 수 있다.

🧍 요요를 부르는 절식 다이어트

앞서 언급했듯이 항상성이란 생명체가 내부 환경을 최적화된 상태로 일정하게 유지하려는 노력을 말한다. 몸무게에도 이 개념을 적용할 수 있다. 즉, 몸무게는 뇌가 적정하다고 인식하는 어떤 설정값에 따라 무의식적으로 조절된다는 것이다. 간단히 말해서 사람마다 정해진 적정 몸무게가 다르다는 말이다. 많이 먹어도 살이 안 찌는 사람들은 체중 설정값이 다른 사람보다 낮다고 볼 수 있다. 하지만 체중 설정값은 우리 몸이 원하는 건강에 이상적인 몸무게를 의미하지 않을 수도 있다.

보일러는 온도 조절기의 설정 온도에 맞추어 자동으로 난방이 켜

그림 6-4. 다이어트를 할 때마다 새롭게 정해지는 체중 설정값

지고 꺼지듯이, 몸무게도 음성 되먹임의 영향을 받아 조절되고 있다. 몸무게가 늘면 음성 되먹임이 작동해 뇌에서 섭취량을 줄이고 소모를 늘리라는 메시지를 보낸다. 반대로 몸무게가 줄어들면 뇌에서 강력한 허기를 유발하는 신호를 보내고 기초대사량은 떨어진다. 이 반응은 체중이 원래 설정값에 이를 때까지 계속되고, 몸무게는 원래대로 돌아간다.

절식 다이어트가 실패로 끝날 수밖에 없는 이유는 체중 설정값 때문이다. 섭취 열량을 극단적으로 제한했을 때 우리 몸에서 벌어지는 일을 알아보자. 뇌가 정한 체중 설정값으로 되돌리려는 음성 되먹임 작용과 체중을 줄이겠다는 의지 사이에 치열한 싸움이 벌어진다. 그러나 이 전투의 승자는 이미 정해져 있다. 시간의 차이는 있겠지만 몸에서 일어나는 무의식적인 반응을 의지만으로 이길 수 있는 사람은 거의 없다. 섭취량 감소로 빠졌던 살은 다시 찌고, 절식 다이어트를 기근 상황으로 받아들인 뇌는 앞으로 닥칠지도 모를 굶주림에 대비해 체중 설정값을 더 높인다. 이미 기초대사량이 줄어든 상황이니 다이어트 전보다 덜 먹지만 살은 더 찐다. 요요가 시작되는 것이다.

PART 7

비만과
거리 두기

알약 하나로
살을 쏙 뺄 수는 없을까?

　몇 달 만에 만난 친구가 몰라보게 살이 빠져 날씬한 모습으로 친구들 앞에 나타났다. 친구들은 모두 그에게 다가가 묻는다. "와! 어떻게 된 거야? 몰라보겠네. 어떻게 살을 뺀 거야? 비결 좀 알려 줘." 그 친구는 빙그레 웃기만 하고 더는 말을 하지 않는다. 나머지 친구들은 속이 탄다. 도대체 비결이 뭘까? 무슨 특별한 방법으로 다이어트를 한 걸까? 그런데 그 친구는 전과 달라 보였다. 기운도 없는 것 같고 눈 밑엔 다크서클이 진하게 내려앉았다.

　많은 사람이 살을 빼겠다고 입으로만 외칠 뿐 실제로 체중 감량에 성공한 사람을 주변에서 찾아보기는 쉽지 않다. 먹는 걸 줄이자니 주변에 널린 건 나를 유혹하는 맛있는 음식뿐이고, 운동을 열심히 하자니 그건 너무 힘들다. 무엇보다 제일 어려운 건 꾸준히 하는 건데, 이게 잘 안 된다. 누구나 안다. 꾸준히 하면 된다는 걸. 그러나 어쩌겠나? 나도 결국 평범한 사람인 것을. 좀 더 쉬운 방법은 없나 하고 두리번거리게 된다. 그러다 접하게 되는 것이 바로 식욕억제제를 비롯한 살 빼는 약들이다. 정말로 살 빼는 약은 내 살을 손쉽게 빼 줄 수 있을까? 약만 먹으면 평생을 날씬하게 살 수 있을까?

👤 살 빼는 약의 원리

효과적이고 오랫동안 사용할 수 있는 살 빼는 약은 생각보다 만들기가 어렵다. 항암제와 살 빼는 약 중에 어떤 약이 더 승인받기 어려울까? 항암제는 암을 치료해서 생명을 구하기 위해 사용되기 때문에 약간의 부작용이 있어도 승인이 날 수 있다. 하지만 살 빼는 약은 생명이 경각에 달렸을 때 사용하는 약이 아니다. 따라서 부작용이 10~20%만 증가해도 승인받기 어려운 것은 물론이고, 출시 후 시장에서 퇴출당하는 경우도 허다하다. 그리고 우리 몸은 체중 감소에 저항하고 저장된 지방을 지키고자 하는 강력한 시스템을 갖추고 있다. 약을 먹어서 단기적으로 체중을 줄일 수는 있겠지만, 감소한 체중을 장기간 유지하는 건 전혀 다른 문제가 된다.

비만 치료제의 원리는 에너지 섭취를 줄이는 방법과 에너지 소비를 늘리는 방법 딱 두 가지이다. 에너지 섭취를 줄이는 방법은 식욕을 억제하거나 위장관에서의 흡수, 특히 지방의 흡수를 억제하는 것이다. 에너지 소비를 늘리는 방법은 열 생성을 촉진하는 것이다. 열 생성을 증가시키는 물질 중 대표적인 것으로 갑상샘호르몬이 있다. 갑상샘호르몬은 대사 작용을 총괄하는데, 갑상샘호르몬이 증가하면 열 생성이 촉진되어서 에너지 소비가 증가한다. 그래서 한때 갑상샘호르몬을 살 빼는 약으로 처방했던 적이 있었다. 살은 빠질지 모르겠지만 엄청난 부작용 때문에 더는 비만 치료제로 사용하지 않는다. 요즘 사용되는 살 빼는 약은 대부분 식욕을 억제하여 에너지 섭취를 줄이는 약물이다.

👤 어떤 약이 있나?

리덕틸(시부트라민)은 식욕억제제로 1997년에 FDA 승인을 받았고, 우리나라에는 2001년에 들어온 약이다. 한때 가장 안전한 비만 치료제로 주목받았지만, 2010년에 리덕틸 복용군은 뇌졸중이나 심장질환의 발생률이 위약 투여군에 비해 10% 이상 높다는 보고가 나오면서 퇴출당했다.

2012년에 FDA 승인을 받은 벨빅(로카세린)이라는 약물이 리덕틸의 명성을 이어받아 상당히 많은 매출을 올렸다. 이 역시 식욕 억제 작용을 보이는 약물이다. 하지만 벨빅도 2020년에 암 발생을 증가시킨다는 이유로 퇴출당하였다. 연구 결과 벨빅으로 인한 암 발생 위험은 아주 크지는 않았지만, 비만 치료제로서 얻을 수 있는 이점이 암 발생 위험보다 크지 않은 것으로 나타났다.

또한, 2012년에 체중 감량 효과가 강력하다고 알려진 큐시미아라는 약물이 FDA 승인을 받아 출시되었다. 큐시미아는 펜터민이라는 향정신성 식욕억제제와 토피라메이트라는 간질약이 합해진 약물이다. 우리나라에서는 2019년에 판매 승인을 받았다. 벨빅이 퇴출당한 후 등장한 큐시미아는 반사 이익을 얻어 판매가 급증했다.

벨빅이 물러난 후 비만 치료제의 왕좌를 이어받은 약물이 삭센다(리라글루타이드)이다. 국제 비만 치료제 시장 점유율 56%로 1위를 달성한 삭센다는 당뇨병 치료제로 쓰이는 GLP-1(glucagon-like peptide-1)이라는 호르몬인데, 체중 감량에도 효과가 있어서 비만 치료제로도 사용하게 되었다. 2018년 3월 국내에 출시된 이후 큰 인기를 얻은 삭센다는 2022년 매출액이 589억 원 이상이었고 점유율은 35%에 달했다. 삭센다의 단점은 매일 주사로 투여해야 한다는 점이다. 단백질계 호르몬이기 때문에 경구로 투여하면 파괴되어 버린다.

한편 2022년 5월에 FDA 승인을 받은 새로운 당뇨병 치료제인 마운자로(티제파타이드)는 임상 시험 결과 삭센다보다 우수한 체중 감량 효과가 있음이 나타났고, 2023년 11월에 비만 치료제로도 승인을 받았다.

소화관에서의 지방 흡수를 억제하는 약물 중에서 대표적인 것은 지방 분해 효소의 작용을 저해하는 제니칼이다. 흡수되지 않은 지방은 대변으로 배출되어 체내 지방량은 떨어지지만, 체중 감소 효과는 3~8% 정도로 그리 크지 않았다. 제니칼은 2000년대 초에 인기를 끌었는데, 약 복용에 따른 불편한 점이 꽤 있었다. 기름진 대변을 보게 하는 부작용이 있어 이 약을 먹는 중에는 흰 바지를 입어서는 안 된다는 말이 있을 정도였다.

👤 잘 지켜지지 않는 처방 기준

우리나라 비만 치료제 시장은 최근 4년 연속 새로운 매출 기록을 세울 정도로 호황이었다. 2022년 비만 치료제의 매출액은 1,757억 원이었는데, 삭센다가 전해 매출보다 63% 증가한 1위(589억 원)였고 큐시미아는 301억 원으로 한참 뒤진 2위였다.

하지만 문제는 엄격한 진단에 따라 처방되어야 할 비만 치료제가 무분별하게 사용되는 예가 많다는 것이다. 살 빼는 약이 전혀 필요 없는 사람도 비만 클리닉을 방문하면 별문제 없이 약을 구할 수 있다. 우리나라 식품의약품안전처는 식욕억제제 처방 기준을 BMI 30 이상으로 정하고 있다. 그러나 다이어트 커뮤니티에 올라온 경험담에 따르면, BMI 20 미만인 사람들도 어렵지 않게 다양한 다이어트약을 처방받을 수 있다. 비만은 아니지만 체중과 음식에 대한 강박 관념으로 다이어트약을 처방받는 사람들이 많은 것으로 보인다.

식욕억제제는 보통 4주 이내 동안만 복용하도록 권고하고 있다. 의사의 판단에 따라 필요하다면 4주 이상 처방이 가능하지만, 3개월을 넘으면 안 된다. 하지만 75%의 환자가 의료기관 중복 방문 등으로 4주를 초과해서 식욕억제제를 처방받았다. 그리고 39%는 3개월을 초과해서 처방받은 것으로 나타났다.

우리나라 자료에 따르면 식욕억제제를 처방받은 사람의 92%는 여성이었고, 복용하면 안 되는 10대 여학생들도 식욕억제제를 처방받는 것으로 나타났다. 우리나라 여성의 비만율은 남성보다 훨씬 낮지만, 마른 체형에 대한 동경이 남성보다 크고 비만에 대한 삐뚤어진 인식이 유독 여성에게 가혹하게 적용되기 때문으로 여겨진다.

👤 효과는 어떨까?

사실 비만 치료제 중 장기적인 관점에서 효과적으로 안전하게 사용할 수 있는 약물은 거의 없다. WHO는 "비만에 대한 정보가 부족하므로 어떤 방법이나 어떤 약도 일상적인 사용을 추천할 수 없다. 체중 조절 약으로는 비만을 치료할 수 없다. 투약을 중단하면 다시 체중이 증가한다."라고 선언했다.

그리고 더 큰 문제는 부작용이다. 약마다, 사람마다 다르지만 모든 비만 치료제는 복용 시 가벼운 우울감부터 불면증, 집중력 감소, 그리고 심하면 환청, 망상, 발작 등이 나타날 수 있다. 특히 향정신성 식욕억제제인 펜터민이나 펜디메트라진은 중독성이 있어 주의가 필요하다. 장기간 복용하면 부작용의 가능성이 매우 커진다.

현재 단일 약품으로서 효과적으로 비만을 치료하는 약은 없다고 보아도 무방하다. 우리 몸이 약에 속을 만큼 멍청하지 않고, 부작용

비만 권하는 사회에서 살아남기

을 감수해야 하며, 1년 이상 투약할 수 없기 때문이다. 약물을 이용한 체중 감량은 단기간은 가능할지 몰라도, 장기간은 불가능하다. FDA와 우리나라에서 승인을 받은 약물 중에 지속해서 안전하게 체중을 감량해 줄 수 있는 약물은 아직 하나도 없다.

진화를 통해서 만들어진 우리 몸의 생물학적 시스템은 굉장히 복잡하다. 에너지 저장을 촉진하고 에너지 소비를 최소화하는 방향으로 진화해 온 시스템을 약물을 사용한 단순한 방법으로는 치료할 수 없다. 약물로 식욕을 억제하고, 배설을 증가시키고, 소모를 늘리는 치료 방법은 여러 가지 부작용을 드러낼 수 있다. 우리 몸의 대사 시스템은 이런 것에 속을 정도로 순진하지 않다. 에너지 소모에 저항하는 체계가 굉장히 잘 조직되어 있기 때문이다.

열량 계산하지 않고
마음껏 먹기

소크라테스 시절부터 덜 먹고 더 움직이라는 다이어트법이 있었다고 하며, 지금까지 제시된 다이어트 방법은 무려 2만 6천 건이 넘는다고 한다. 그런데도 다이어트 실패율은 95%가 넘으니, 아직은 믿을 만한 것이 별로 없어 보인다.

다이어트에는 과연 왕도가 있을까? 한 가지 확실한 것은 (앞에서 살펴본 바와 같이) 굶는 다이어트는 백전백패라는 것이다. 무리한 단식과 감량 후에 수반되는 요요 때문이다. 감량보다 중요한 것은 감량한 체중을 오래 유지하는 것인데, 이는 절대 쉽지 않은 일이다. 수없이 많은 다이어트 서적과 방법들은 사실 별 효과가 없는 경우가 대부분이다.

👤 마음껏 먹고 살도 빼고

"살을 빼고 싶다면 덜 먹고 더 많이 움직여라."

몸에 지방으로 저장되는 에너지는 섭취량(들어온 에너지)에서 소모량(나간 에너지)을 뺀 값과 같다는 개념을 많은 사람이 오랫동안 당연하게 받아들여 왔다. 다시 말해, 몸에 필요한 것보다 많이 먹으면 지방으로 저장되어 몸무게가 늘고, 적게 먹으면 지방이 분해되어 몸무게가 줄어든다는 믿음이다.

하지만 이 믿음은 사실이 아니다. 이미 살펴보았듯이 렙틴, 그렐린, 인슐린, PYY 같은 식욕 조절 호르몬의 반응은 음식에 따라 다르게 나타나고, 그에 따라 포만감을 느끼는 정도나 지방이 쌓이는 양상이 달라진다.

앞서 소개한 케빈 홀의 연구(173쪽 참고)에서 초가공식품을 먹은 그룹은 비가공식품을 먹은 그룹보다 더 많은 열량을 섭취한 이유는 무엇일까? 그것은 초가공식품의 포만감 지수(satiety index, 음식 100g을 먹었을 때 느끼는 배부른 정도를 나타낸 수치)가 낮기 때문이다. 포만감 지수는 음식을 먹은 후에 배고픔이 얼마나 줄고, 배부름이 얼마나 느는지, 다음 몇 시간 동안 열량 섭취가 얼마나 감소했는지의 정도를 수치로 보여 준다.

포만감 지수는 음식에 따라 다르다. 예를 들어 삶은 감자의 포만감 지수는 크루아상보다 7배나 더 높다. 포만감 지수가 높은 음식에는 삶은 감자 외에 귀리로 만든 오트밀, 쇠고기, 달걀, 콩, 과일 등 가공을 덜 한 식품이 속한다. 반면 포만감 지수가 낮은 음식에는 크루아상 외에 도넛과 케이크 등 가공 정도가 높은 음식이 해당한다.

열량이 같은 크루아상과 귀리 오트밀을 먹은 경우를 비교해 보자. 크루아상은 혈당 지수는 높고 포만감 지수는 낮은 음식이다. 따라서 혈당과 인슐린 수치를 빨리 올리고 남는 에너지는 지방으로 저장한다. 그렐린을 억제하는 정도는 약해서 먹은 후에도 여전히 허기를 느낀다. 한마디로 과식하기 쉬워진다. 반면 귀리 오트밀은 혈당 지수는 낮고 포만감 지수는 높은 음식이어서 혈당과 인슐린 수치를 천천히 올리고 포만감은 오랫동안 유지하게 한다. 그렐린을 잘 억제해서 쉽게 배고파지지 않는다. 이처럼 같은 열량의 음식을 먹어도 무엇을 먹었느냐에 따라 우리 몸의 반응은 달라질 수 있다.

다이어트를 할 때 신경 써야 할 것은 열량을 줄이는 것이 아니라 음식의 종류이다. 열량을 따져 가며 적게 먹으려고 노력할 필요가 없다는 말이다. 가공 정도가 낮은 자연식품에 가까운 음식은 포만감이 충분해서 과식하기 힘들다. 같은 열량의 콜라와 브로콜리 중 어느 쪽이 먹기 쉬운지 생각해 보면 쉽게 알 수 있다. 이런 음식을 주로 먹으면 식사량은 저절로 줄어들어 체중 걱정을 크게 하지 않아도 될 것이다.

한 연구에 따르면 초가공식품과 설탕 섭취를 줄이고 채소 같은 건강한 자연식품을 꾸준히 먹은 그룹은 몸무게가 크게 줄었다고 한다. 물론 그 과정에서 어떤 영양소를 많이 먹었는지는 따지지 않았다. 열량 계산도 하지 않았다. 섭취량을 줄이는 다이어트가 아닌 충분히

비만 권하는 사회에서 살아남기

먹는 다이어트로 몸무게를 줄인 것이다.

👤 식사는 규칙적으로, 아침은 든든히

세 끼를 규칙적으로 잘 챙겨 먹기만 해도 살찔 걱정은 별로 하지 않아도 된다. 아침, 점심, 저녁 식사 후에는 혈당이 오르면서 인슐린 분비가 증가한다. 식사 후 몇 시간이 지나면 혈당은 떨어지고 인슐린 분비도 감소한다. 즉, 인슐린 증가에 의한 지방 형성 반응과 인슐린 감소에 의한 지방 분해 반응 간의 균형이 자연스럽게 유지된다는 말이다.

특히 저녁 식사 후부터 다음 날 아침 사이에는 인슐린 분비가 가장 적어 지방 분해가 가장 활발하게 일어난다. 하지만 식사 사이에 간식을 먹고, 자기 전에 야식까지 먹으면 인슐린 수치는 떨어질 틈이 없다. 지방은 축적되고 체중은 늘어난다. 즉, 안정적인 체중 유지를 위해서는 인슐린의 주기적인 감소가 필요하다.

"아침은 황제처럼, 점심은 평민처럼, 저녁은 거지처럼 먹어라."라는 말이 있다. 근거가 있는 말일까? 열량을 제한하는 다이어트를 똑같이 하더라도 저녁에 많이 먹는 것보다 아침에 많이 먹는 것이 체중 감량 효과가 더 컸다는 연구 결과가 있다.

이스라엘의 한 연구팀은 비만 여성 93명을 대상으로 하루 섭취 열량을 1,400kcal로 제한하는 실험을 12주 동안 시행했다. 한 그룹은

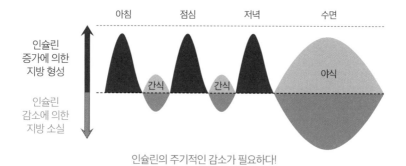

그림 7-1. 안정적인 체중 유지를 위해 필요한 인슐린의 주기적인 감소

아침을 든든히 먹고, 저녁은 가볍게 먹었다. 즉, 아침에는 700kcal, 점심에는 500kcal, 저녁에는 200kcal를 섭취했다. 또 다른 그룹은 거꾸로 아침을 가볍게 먹고, 저녁을 든든히 먹었다. 즉, 아침에는 200kcal, 점심에는 500kcal, 저녁에는 700kcal를 섭취했다. 결과는 어땠을까?

두 그룹 모두 12주간의 섭취 열량 제한으로 몸무게가 감소했으나 그 감소 정도에 차이가 있었다. 아침을 든든히 먹은 사람들의 몸무게는 평균 8.7kg 감소했다. 하지만 저녁을 든든히 먹은 그룹의 몸무게 감소는 평균 3.6kg에 그쳤다. 두 그룹의 하루 섭취 열량은 같았지만, 언제 많이 먹느냐에 따라 결과가 크게 달라진 것이다.

두 그룹 간에는 그렐린 호르몬도 차이를 보였다. 아침을 든든히 먹은 그룹은 그렐린 수치가 온종일 더 낮았다. 이 그룹의 사람들이 느끼는 공복감은 다른 그룹에 비해 훨씬 덜했다. 실제로 그렐린은 저녁 식사보다 아침 식사에 더 민감하게 반응해서 잘 억제된다고 알려져 있다. 그리고 아침 식사 직후의 열 생성은 점심이나 저녁 식사 직후보다 더 왕성하다고 한다. 게다가 지방 세포는 아침보다 저녁에 더 활발하게 지방을 저장한다. 즉, 저녁에 많이 먹으면 지방이 잘 쌓여 살이 찌기 쉬운 조건이 된다는 말이다.

👣 행복한 식사

마이클 폴란(Michael Pollan)은 《푸드 룰(Food Rules)》이라는 책에서 행복한 식사를 하는 데 도움이 되는 64개의 법칙을 정리했다. 이를 간단히 세 가지로 요약하면 다음과 같다.

첫째, "음식을 먹어라." 즉, 가공을 많이 거친 초가공식품이 아닌 원래의 자연 상태에 가까운 '진짜' 음식을 먹으라는 말이다.

둘째, "과식하지 말아라." 이는 첫 번째 원칙을 따르면 어렵지 않게, 어쩌면 저절로 지킬 수 있을 것이다. 과자는 계속 먹을 수 있어도 당근이나 브로콜리를 배 터지도록 먹는 일은 없으니 말이다.

셋째, "되도록 채소 위주로, 특히 잎채소 위주의 식사를 해라." 다시 말해 육식을 하더라도 채식을 지향하는 식단을 꾸리라는 얘기다.

64개라고 하니 지켜야 할 것이 엄청나게 많아 보이지만, 음식을 먹는 데 대단한 비결이나 풍부한 지식은 별로 필요하지 않다. 폴란이 제시한 원칙을 항상 다 지킬 필요도 없다. 그래서인지 폴란도 마지막 법칙은 "가끔은 법칙을 어긴다."로 정했다. 결국은 나의 몸과 마음을 위한 일인데, 어떤 법칙을 지키기 위해 괜한 스트레스를 받을 필요는 없다. 가끔의 일탈은 누구에게나 필요하니까.

주변을
잘 살피자

어느 날 책상 서랍을 열었다가 발견한 밀크초콜릿 하나. 언제 사 둔 건지도 잘 모르겠지만, 마침 입이 심심하던 차에 잘 됐다 싶어 다 먹어 버린 경험이 있는가? 먹다가 부엌 한쪽에 처박아 둔 눅눅한 감자튀김 한 봉지. 사실 맛은 별로 없었지만, 별생각 없이 케첩에 찍어서 다 먹어 버린 적은?

누구나 이런 경험이 있을 것이다. 다 먹고 나면 내가 굳이 왜 먹었나 하는 생각이 든다. 왜 맛도 없는 음식을 먹었을까? 그 이유는 그 음식이 주변에 있었기 때문이다. 배가 고파서 먹은 게 아니라 눈앞에 보여서 먹는다는 것을 브라이언 완싱크는 '시푸드 다이어트(See food diet)'라고 불렀다. 눈에 보이는 곳에 음식이 있으면 그 음식에 대해 더 생각하게 되고, 더 먹고 싶어진다.

👤 무의식적으로 먹기

일상생활에서 가장 많이 반복하는 일은 먹는 일이다. 완싱크의 말에 따르면 우리는 먹는 것, 즉 음식과 관련한 결정을 하루에 200번 정도 한다고 한다. 아침을 먹을까, 말까? 달걀부침을 먹을까, 시리얼을 먹을까? 밥을 먹을까, 빵을 먹을까? 아메리카노를 마실까, 카페라테를 마실까? 이런 식으로 결정을 세다 보면 하루에 200회는 거뜬하겠다. 하지만 이 모든 결정을 매번 의식하는 사람은 거의 없을 것이다. 점심을 배불리 먹고 난 후에 어제 먹다 남긴 과자를 왜 먹었는지 모르듯이.

이렇게 먹는 것을 완싱크는 '무의식적으로 먹기(mindless eating)'라고 부른다. 생각보다 우리는 무의식적으로 먹을 때가 많다. 배가 고파서 먹는 것이 아니라 주위 환경에 따라서 먹는 양이 달라질 수 있다는 것이다. 함께 먹는 대상, 식품의 포장이나 용기, 라벨이나 상표, 레스토랑의 조명, 음식 모양, 냄새, 분위기 등등 헤아릴 수 없이 많은 요소 때문에 먹는 양이 달라지는데, 우리는 이를 잘 의식하지 못한다. 만약 의식하는 것이 가능하다면 먹는 양을 합리적으로 건강하게 조절할 수 있다고 한다.

예를 들어, 음식을 작은 접시에 담아 먹을 때보다 큰 접시에 담아 먹으면 더 많이 먹게 된다. 같은 양의 음식이라도 담는 접시의 크기에 따라 달라 보일 수 있기 때문이다. 정말 접시 크기 때문에 더 먹을 정도로 우리는 단순한 사람들일까? 〈그림 7-2〉의 세 접시에 담긴 음

그림 7-2. 담는 접시에 따라 달라 보이는 같은 양의 음식

식의 양은 모두 같지만, 가장 작은 접시에 담긴 음식이 가장 푸짐해 보인다. 작은 접시에 음식을 담아 먹으면 실제보다 더 많다고 느껴져 생각보다 적게 먹고, 큰 접시에 담아 먹으면 더 적게 느껴져 많이 먹게 된다. 그릇 크기를 줄이면 적게 먹는 데 도움이 된다는 말이다.

특히 어린이들은 이 효과를 더 심하게 느낀다. 시리얼 그릇 크기가 크면 클수록 시리얼을 44%나 더 담아 먹는다고 한다. 왜 용기가 커지면 더 많이 먹을까? 제공된 용기에 담긴 것을 적당한 양이라고 생각해서 그런 것이다. 제공된 용기가 기준치라고 생각하기 때문에 무의식중에 그릇 크기에 따라 많이 먹을 수도 있고 적게 먹을 수도 있다. 음식 산업에서 채택한 더 많이 먹게 하는 전략도 용기를 크게 만드는 것이었다. 그 결과 1960년대에 비해서 2000년대에는 컵이나 그릇의 크기가 22% 증가했다고 한다. 가정용 그릇조차 커졌다.

현대인은 '클린 플레이트 클럽(clean plate club)' 회원이다. 즉, 주는 대로 먹는다. 많이 주면 많이 먹고 적게 주면 조금 먹는다. 조사 결과, 뷔페식당에서 사람들은 평균적으로 담아 온 음식의 92%를 먹는다고 한다. 우리는 눈앞에 있는 음식을 거의 다 먹는 경향이 있으므로 눈앞에 보이는 것을 줄이면 덜 먹을 수 있다. 그러니 음식을 덜 먹고 싶다면 덜 담고, 그릇 크기를 줄이고, 눈앞의 음식은 보이지 않는 곳으로 치우자.

🧍 먹을 때는 먹는 일만!

우리는 흔히 한 번에 두 가지 이상의 일을 동시에 하는 멀티태스킹(multitasking)을 한다. 혼자 밥 먹을 때 스마트폰이나 TV로 영상을 틀어 놓고 보면서 먹는 사람이 많다. 이렇게 다른 일을 하면서 먹는 것을 '대시보드 다이닝(dashboard dining)'이라고 한다. 하지만 사실 우리 뇌는 멀티태스킹에 약하다고 한다.

다른 행동을 하면서 먹을 때는 먹는 행위에 주목하는 정도가 떨어진다. 얼마나 먹었는지 잘 알기 어려워 과식할 위험이 증가할 수 있다.

TV나 스마트폰을 보면서 음식을 섭취하면 무의식적으로 음식에 손을 뻗고, 먹는 양에 주의를 기울이지 못하고, 먹는 시간도 길어진다.

또한 시청하는 프로그램의 종류에 따라 남녀 차가 존재한다. 여성은 슬픈 영화를 보면 팝콘을 28~55% 더 먹는 경향이 있다는 연구 결과가 있다. 그러니 슬픈 영화를 볼 때는 팝콘 말고 다른 건강한 음식을 들고 들어가는 것이 좋지 않을까? 그리고 남자아이들은 액션 영화를 보면 스낵을 더 많이 먹는다고 한다.

뇌를 더 효과적으로 쓰려면 한 가지 일에만 집중하는 것이 좋다. 멀티태스킹을 하면 주의력과 집중력이 떨어지고 주어진 정보에 대한 기억력도 떨어진다. 우리 뇌는 한 번에 여러 가지 일을 하도록 만들어지지 않았기 때문이다. 그러니 식사 시간에는 먹는 일에만 집중하자.

👤 과식을 유도하는 위로 음식

서울시에서 2020년 9월에 시행한 '나를 위로하는 음식은 무엇인가요?'라는 온라인 설문 조사에서 1위로 선정된 음식은 떡볶이였다. 이어서 치킨, 김치찌개, 삼겹살, 라면 등이 뒤를 이었다. 학창 시절 수업이 끝난 후 학교 앞 분식집에서 친구들과 수다를 떨며 먹었던 떡볶이 맛, 유난히 고됐던 일과를 마치고 집에서 한잔의 생맥주와 함께 먹었던 치킨 맛을 누구나 기억할 것이다. 힘든 시기에 즐거움을 주거나 친숙함과 위안을 주는 음식을 '위로 음식'이라고 부른다.

스트레스로 감정이 요동치는 순간에도 이런 음식을 먹으면 따스한 엄마 품으로 돌아간 것처럼 마음이 안정되기도 한다. 미국에서는 많은 사람이 피자, 초콜릿, 아이스크림을 위로 음식으로 꼽았다. 위로 음식은 문화권에 따라 다르지만, 대부분 고열량, 고지방, 고설탕 음식인 경우가 많다.

왜 우리는 심리적 스트레스를 받으면 위로 음식을 찾을까? 달콤하고 기름진 음식은 뇌의 쾌락 중추에서 도파민 분비를 높여 기분을 잠시나마 좋아지게 한다. 위로 음식은 입안에서 특별한 변화를 일으키면서 마음을 빠르게 안정시키는 효과도 있다. 입속에 들어온 위로 음식은 사르르 녹으면서 밀도가 변하는데, 우리는 그 변화에 집중하면서 위안을 얻는다. 위로 음식을 먹으면 이런 긍정적인 효과가 있다는 걸 잘 아니까 스트레스를 받을 때마다 우리는 곧장 위로받을 수 있는 음식을 찾는다.

문제는 기분이 요동치는 상황에서는 판단 능력이 흐려질 수 있다는 점이다. 감정적 동요가 크면 음식의 열량이나 지방 함량을 잘 인식하지 못한다는 연구 결과가 있다. 사람들에게 각각 행복한 내용, 슬픈 내용, 지루한 내용의 영화를 보게 한 후 우유와 생크림을 섞어 만든 식품에 들어 있는 지방 함량을 맞춰 보게 했다. 지루한 영화를 본 사람들은 비교적 잘 맞췄지만, 슬픈 영화를 본 사람들은 지방 함량이 실제보다 훨씬 낮다고 이야기했다. 슬플 때 이런 음식을 먹으면 과식할 위험이 크다는 걸 알 수 있다.

호르몬을
내 편으로 만들자

    행동만을 바꾸어 다이어트를 한다는 것은 불가능에 가깝다. 행동은 호르몬이 변한 결과이며, 호르몬이 변한 이유는 우리를 둘러싼 환경이 변했기 때문이다. 체중 감량을 위한 절식 다이어트는 몸속의 생화학적인 동기를 의지만으로 억제하는 과정이기 때문에 성공할 확률이 높지 않다. 다이어트에 성공하려면 호르몬 환경을 바꾸어 호르몬을 내 편으로 만들어야 한다.

    어떻게 해야 우리 몸의 호르몬 환경을 바꿀 수 있을까? 다음의 네 가지 호르몬을 내 편으로 만들면 된다. 첫째, 지방 저장 호르몬인 인슐린은 낮추는 게 좋다. 둘째, 배고픔 호르몬인 그렐린을 낮춘다. 셋째, 포만감을 느끼게 하는 소장 호르몬인 PYY를 높이고, 넷째, 스트레스와 관련된 호르몬인 코르티솔은 낮게 유지하는 것이 좋다. 이 호르몬들을 내 편으로 만드는 방법을 알아보자.

🧍 인슐린 낮추기

현대인의 인슐린 수치는 옛날 사람들보다 상당히 증가한 상태이다. 인슐린 상승은 렙틴 저항성을 유도할 수 있기에, 인슐린을 낮추면 지방 저장이 감소하고 렙틴 저항성이 줄어들 것이다.

인슐린을 낮추는 방법의 핵심은 정제된 탄수화물을 줄이는 것이다. 즉, 설탕 섭취를 줄이는 것이 최선이다. 먼저 가당 음료나 탄산음료 줄이기를 추천한다. 무심코 마시던 음료를 줄이는 것만으로도 변화가 찾아올 수 있다. 주변에 설탕이 들어간 음료가 있다면 눈앞에서 치워 버리자. 지금 당장 설탕이 들어간 음식을 전부 피할 수는 없겠지만, 그 첫 단계로 가당 음료와 탄산음료 섭취를 줄이자는 것이다.

인슐린을 낮추는 또 하나의 방법은 식이섬유 섭취를 늘리는 것이다. 식이섬유는 소화도 안 되고 흡수도 안 된다. 최종 목적지는 화장실이다. 그런데 왜 중요한 걸까? 식이섬유는 수용성과 불용성 두 가지로 나눌 수 있다. 불용성 식이섬유는 통곡물, 견과류에 많고, 변을 크고 부드럽게 만들어 빠르게 배출시키는 역할을 한다. 수용성 식이섬유는 과일, 채소, 해초류에 많고, 위장에서 음식물을 천천히 소화해 포만감을 느끼게 해서 혈당 흡수 속도를 지연시키는 역할을 한다. 두 가지가 합쳐져서 조화로운 이중주를 이룰 때 식이섬유의 본래 역할을 달성한다고 할 수 있다. 인슐린에 대한 역할은 불용성 식이섬유가 조금 더 중요하다고 알려졌다. 불용성 식이섬유는 인슐린 감수성을 증가시키며 제2형 당뇨병 발생을 억제하는 효과가 있다.

즉, 당뇨병 환자일수록 불용성 식이섬유 섭취가 중요하다는 말이다.

무엇보다 인슐린 감수성을 개선하기 위한 최고의 방법은 운동이다. 근육에는 인슐린 저항성이 더 잘 생기기 때문에 근육의 인슐린 감수성을 개선하는 것이 대사 상태를 개선하는 제일 나은 방법이다. 그 방법은 운동밖에 없다. 운동으로 인한 근육 자극은 혈액 속의 포도당 소비를 촉진해 혈당을 떨어뜨리고, 지방 사용을 늘려 인슐린 저항성을 개선한다.

운동의 진정한 목적은 체중 감소가 아니라 근육을 만드는 것이다. 체질량지수를 체지방과 동일시해서는 안 된다. 체중을 조절하려면 근육이 건강해야 한다. 근육의 증가는 대사 상태를 개선할 수 있는 최적의 방법이다. 대사 상태가 개선되면 여러 가지 대사 질환을 예방할 수 있다. 근육은 식단 조절로는 늘릴 수 없으며, 근육을 늘릴 방법은 오직 운동밖에 없다. 엄격한 식이요법은 생각보다 매우 어렵고 오랫동안 계속하기도 힘들다. 하지만 운동은 에너지를 소모하는 활동 중 건강을 개선하는 유일한 방법이다.

물론 운동은 체중 조절에도 도움이 된다. 하지만 운동은 단순히 열량 소모를 늘려 체중을 줄이는 것이 아니다. 운동으로 체중이 감소하는 이유는 운동을 하면 체중 설정값이 낮아지기 때문이다. 규칙적으로 꾸준하게 운동하면 체중 설정값에 영향을 주는 변화가 나타난다. 즉, 스트레스 호르몬인 코르티솔이 감소하고 인슐린 민감도가 개선되어 대사 건강이 향상된다. 그리고 운동은 식욕 조절 호르몬인 렙틴의 증가와 그렐린의 감소를 가져온다. 이는 체중 설정값의 감소로 이어지고 살이 빠진다.

운동의 특별한 혜택은 여기서 끝나지 않는다. 규칙적으로 걷는 사람들은 심근경색과 뇌졸중 위험이 31% 줄어든다. 운동은 오래 사는데도 도움이 된다. 40세 이상 65만 5천 명을 대상으로 한 연구에 따르면, 하루에 단 11분만 운동해도 기대여명은 1.8년이 늘어나고 1시간가량 운동하면 4.2년이 늘어난다. 운동으로 이점을 얻지 못하는 우리 몸의 장기나 계통은 전혀 없다.

무엇보다 중요한 것은 규칙적으로 꾸준하게 운동하는 것이다. 그러려면 언제 어디서든 생활 속에서 쉽게 할 수 있는 운동이 좋겠다. 어떤 것이 있을까? 계단 오르기를 추천한다. 계단 오르기의 효과를 알 수 있는 연구를 살펴보자. 영국의 의사 제러미 모리스는 1940년대 말 3만 5천 명에 달하는 런던의 이층 버스 운전사와 차장을 추적 조사했다. 온종일 앉아서 일하는 운전사와 버스 안을 돌아다녀야 하고 위층도 오르내려야 하는 차장은 완벽한 비교 집단이었다. 차장은 일하는 동안 평균 600개의 계단을 올라가야 했다. 다른 모든 변수를 고려하고 나온 결과, 운전사는 차장보다 심근경색에 걸릴 위험이 2배 이상 높았다고 한다.

👤 그렐린 낮추기

그렐린을 낮추는 방법은 간단하다. 제때 먹는 것이다. 하지만 바쁜 현대인에게는 어려운 일이기도 하다. 아침을 왕처럼 먹을 수는 없겠지만, 최소한 거르지는 말자. 전날 달걀이라도 한두 개 삶아 놨다가 먹는 것과 안 먹는 것은 정말 다르다.

아침에는 특히 고단백 음식을 먹는 것이 그렐린을 낮추고 포만감을 느끼게 하는 호르몬(PYY와 GLP-1)을 높이는 데 효과적이다. 아침을 거르면 그렐린은 계속 높은 상태이다.

아울러 음식의 발열 효과는 지방이나 탄수화물보다 단백질이 더 높다. 단백질은 대사되면서 25~30%가 열로 소모되지만, 탄수화물은 6~8%, 지방은 2~3%만이 열 발생으로 소실된다. 같은 열량을 섭취했다고 하더라도 그 원천에 따라 우리가 이용할 수 있는 에너지는 달라지는 셈이다.

그리고 야식을 끊는 것이 중요하다. 밤 11시나 12시에 밥을 먹고, 치킨을 먹고, 맥주를 마시고 난 뒤 나가서 운동하는 사람은 거의 없다. 이런 사소한 행위가 호르몬을 변동시켜 균형을 파괴한다. 야식을 끊으면 그렐린 분비가 낮아지고 아침을 먹게 되며, 야식을 먹으면 아침을 거를 가능성이 커진다. 아침을 거르면 점심이나 저녁을 더 많이 먹게 되는데, 같은 양의 음식이라도 폭식하는 것은 나눠 먹는 것보다 호르몬에 더 큰 영향을 미친다. 지나친 혈당의 증가와 감소는 인슐린의 급등과 폭락을 부르고, 지방으로 더 쉽게 저장되는 조건이 된다.

👤 PYY 높이기

소장에서 분비되는 포만감 증진 호르몬인 PYY를 높여야 한다. 그렐린이 줄어들었다고 해서 먹는 것을 중단하지는 않는다. 사람은 배가 고프지 않아도 더 먹을 수 있는 위대한 동물이기 때문이다. 따라서 포만감을 확실하게 느끼는 것이 중요하다.

포만감을 느끼려면 20분이라는 시간이 필요하다. 소장에서 분비되는 PYY가 뇌의 시상하부에 충분히 작용하기까지 약 20분 정도 걸린다. 만약 10분 안에 식사를 다 마쳤다면 좀 더 기다려 보자는 것이다. 10분이 더 지났어도 배가 고프다면 먹어도 되지만 대부분 그렇지 않을 것이다.

또한 포만감을 효과적으로 느끼려면 식이섬유가 중요하다. 식이섬유는 음식이 소화관을 빨리 통과하게 돕는다. 즉, 소장으로 내려가는 속도가 빨라지게 해 준다. 그러면 소장을 자극해 신속하게 PYY 농도를 올리게 된다.

👤 코르티솔 낮추기

코르티솔 수치를 낮추려면 스트레스를 줄여야 한다. 현대인은 스트레스를 피할 수 없기에 이는 가장 어려운 방법이기도 하다. 단기적으로 적당한 스트레스는 삶의 원동력이고 활력이 되지만, 장기적

비만 권하는 사회에서 살아남기

인 스트레스로 코르티솔이 높아지면 몸에 막대한 해가 초래된다. 스트레스는 과식을 유도하고 고설탕, 고에너지 음식을 더 먹게 유도하기 때문이다. 이는 뱃살 증가, 내장지방 축적, 인슐린 저항성 유도와 같은 부정적인 효과를 가져온다. 스트레스를 줄이는 일이야말로 가장 어렵지만 가장 시급한 일이라고 하겠다.

스트레스 호르몬인 코르티솔을 줄이는 효과적인 방법은 운동이다. 운동을 하면 코르티솔 수치를 종일 낮게 유지할 수 있다. 아울러 운동은 정신과 육체의 고통을 줄이고 쾌감을 느끼게 하는 엔도르핀(endorphin) 분비를 늘려 스트레스 해소에 도움이 된다. 운동은 남녀노소 가릴 것 없이 가장 확실한 투자이다. 특히 청소년은 운동 시간을 늘리는 것만으로도 행동이나 성적이 개선됐다는 보고가 매우 많다.

충분한 수면도 스트레스 해소에 중요하다. 코르티솔 수치는 한밤중에 가장 낮고, 잠에서 깨어난 직후인 오전 6~8시에 가장 높다. 다시 말해 잠이 부족하면 코르티솔 수치가 떨어지기 어렵다. 수면 부족은 피로를 부르고 신경이 날카로워지게 한다. 오래 자는 것이 힘들다면 방해받지 않는 수면 환경을 만들어 숙면을 취하는 것이 중요하다. 침실을 어둡게 유지하거나 안대 사용하기, 침실에 스마트폰을 가지고 들어가지 않기, 저녁에는 커피를 마시지 않기 등의 방법이 있다.

스트레스를 대하는 태도도 중요하다. 《스트레스의 힘(The Upside of Stress)》의 저자인 켈리 맥고니걸(Kelly McGonigal)은 우리가 통제할 수 없는 것에 너무 연연하지 말고 그것을 인정하고 받아들이는 것이 더 현명한 스트레스 대처법이라고 말한다. 그는 우리가 스트레스를 받는 원인과 사건은 우리에게 가치가 있는 것이므로 "스트레스를 피하려고만 하지 말고 긍정적인 마음으로 때로는 친구처럼 받아들여라."라고 조언한다. 정신적 충격이 매우 큰 끔찍한 사건을 겪었더라도 스트레스를 인정하고 받아들인 사람들은 더 빠른 회복을 보였지만, 스트레스를 부정적인 것으로 인식하는 사람들은 더 파괴적인 영향을 받는 것이 관찰되었다.

우리는 매일
수저로 투표한다

　비만과 거리를 두기 위해 탐식과 나태라는 잘못된 행동만을 고치려고 하는 것은 매우 어려운 일이며, 그보다는 호르몬 환경을 바꿔야 한다고 이야기했다. 즉, 행동이 변하는 것은 호르몬이 변화한 결과이고, 호르몬이 변한 것은 환경이 변화했기 때문이므로 환경을 바꿔야 한다는 것이다. 이를 위해서는 무엇보다 좋은 습관을 들이는 것이 중요하다. 안타깝게도 좋은 습관보다는 나쁜 습관이 더 쉽게 자리를 잡기에, 좋은 습관을 들이려면 꾸준하게 매일 반복해야 한다. 영국에서 실험한 결과, 좋은 습관을 들이는 데는 평균 66일이 걸린다고 한다. 시작하기로 마음먹었다면, 오늘 지금 당장 시작하는 것이 어떨까?

👤 공중 보건 개입의 필요성

하지만 이런 개인 차원의 전략만으로는 부족하다. 따라서 공중 보건의 개입이 필요하다. 그 이유는 비만은 개인'만'의 책임은 아니기 때문이다. 급격하게 변화한 환경에서 살아가는 현대인의 비만은 개인의 굳센 의지만으로는 절대 해결할 수 없다는 말이다. 더 적극적인 정부의 중재와 개입이 절실하다. 이 개입의 핵심은 식품 제조 및 유통 시스템의 혁신이다.

"모든 사람은 하고 싶은 대로 하거나 그만두는 것을 결정할 자유가 있다."라는 자유 선택 이론은 식품 산업에서 꾸준히 주장하는 것이다. 그러나 이 자유 선택 이론은 현재까지는 비만과의 싸움에서 성공적인 결과를 낳지 못했다.

기나긴 흡연과의 전쟁을 생각해 볼 때, 담배에 대한 자유 선택 이론은 많은 사람의 건강을 해롭게 했으며 수많은 사회적 비용을 발생시켰다. 불간섭주의적인 접근법은 동기부여가 확실하고, 교육을 받았으며, 경제적으로 여유가 있는 소수 집단에서만 효과가 있다. 이런 사람들은 누가 간섭하지 않아도 잘할 수 있기 때문이다. 하지만 시야를 넓혀서 전체 인구를 대상으로 볼 때, 불간섭주의적 접근법은 성공적인 방법이 아니라는 생각이 든다. 따라서 비만 문제의 해결을 개인의 의지에만 맡겨서는 안 되며, 정부 차원의 개입이 필요하다.

배리 팝킨 등 국제 비만 정책 전문가들은 식품 제조 및 유통 시스템의 변화가 비만 확산의 원인이라고 지적하면서, 이에 대응하기 위해서는 정부 규제가 필수적이라고 말한다. 한때 신선한 식자재를 공급하던 시장은 소규모 편의점, 대형 상점 등으로 대체됐고, 이런 곳에서는 대부분 가공 정도가 높은 식품을 판매한다. 멕시코의 경우 한 해 섭취 열량의 58%를 이런 식품에서 얻는다고 한다.

👤 칠레의 비만 정책

현재 가장 성공적인 국가 차원의 비만 정책 사례는 칠레에서 찾아볼 수 있다. 칠레는 아동 비만율이 상당히 높은 나라였다. 칠레는 2012년 어린이를 대상으로 한 정크푸드 마케팅을 금지한 최초의 나라이다. 아울러 2014년에 가당 음료 과세 제도를 도입하였다. 즉, 100mL당 첨가당 함량이 6.25g 이상이면 18% 과세를 한다.

아울러 '위해 성분 전면 경고 표시 제도'를 시행하고 있다. 이 제도는 전체 식음료를 대상으로 하는데, 일정 수준 이상의 당, 나트륨, 지방, 열량이 함유된 경우 그것을 전면에 표시한다. 이를 'FOP 표시 식품'이라고 부르며, 그 표시가 된 제품은 학교 내 반입 및 판매가 금지된다. 이 제도를 도입한 지 6개월 만에 세계 1위였던 칠레의 가당 음료 섭취량은 무려 60%나 감소했다고 한다. 정부의 적극적인 개입으로 성공한 가장 전형적인 예라 할 수 있다.

👤 비만세

이렇게 정크푸드에 세금을 부과하는 정책은 정부 입장에서 볼 때 가장 손쉽게 할 수 있는 방법이다. 흔히 말하는 '비만세'이다. 비만세는 다른 말로 지방세(fat tax), 설탕세(sugar tax), 혹은 탄산음료세(soda tax)라고 부르기도 한다. 2016년 10월 WHO는 설탕이 들어간 음료에 설탕세를 20% 부과하라고 권고했다. 그런데 왜 하필 탄산음료에만 세금을 부과하려고 할까? 그 이유는 우리가 자주 마시는 음료이고, 지나치게 많은 설탕을 함유하고 있으며, 다른 영양소는 거의 없기 때문이다. 아울러 탄산음료 섭취는 아동 비만과 밀접한 관련이 있다고 여겨지고 있다.

사실 비만세의 장단점에 관한 논란은 현재도 진행 중이다. 비만세를 찬성하는 사람들은 비만 방지 교육과 예방 프로젝트를 위한 재원 마련에 꼭 필요하다고 주장한다. 또한 가격은 식품 선택의 중요한 요인이기에 세금을 부과해 청량음료 가격을 올리는 것은 효과적인 소비 억제 방법이라고 주장한다. WHO의 시뮬레이션 연구에 따르면, 가당 음료에 20%를 과세하는 경우 성인의 하루 평균 음료를 통한 섭취 열량은 13% 감소하고, 여성 평균 비만율은 2.4%, 남성 평균 비만율은 3.8% 감소할 것이라 한다. 아울러 배리 팝킨은 세금 부과 정책은 공급자에게 보다 친(親)건강적인 식음료를 생산하게 하는 효과도 있다고 말한다.

반대로 돈 없는 국민만을 쥐어짜고, 탄산음료를 먹는 소소한 행복까지 빼앗아 간다는 주장이 나오기도 한다. 식품업체는 설탕세 도입이 차별적인 제도라고 목소리를 높인다. 아울러 음료 속 당분과 비만의 관계도 아직은 확실하지 않다고 주장한다.

하지만 2022년 현재 전 세계 50여 개 국가에서 비만세를 부과하고 있다. 유럽의 노르웨이, 헝가리, 프랑스, 포르투갈, 영국, 아일랜드 등과 아시아의 태국, 필리핀, 말레이시아, 그리고 미국 일부 지역, 멕시코, 칠레 등에서 비만세를 시행하고 있다. 아프리카에서는 남아프리카 공화국만이 비만세를 부과하고 있다.

비만세는 효과가 있을까? 멕시코의 한 조사에 따르면 비만세가 부과되고 난 이후 전체적으로 탄산음료 소비가 12% 감소했다고 한다. 특히 저소득층의 소비는 17% 정도 감소했다. 미국에서 최초로 비만세를 부과한 도시는 버클리이다. 2015년에 설탕세를 부과했는데 3월부터 1년간 탄산음료 소비량이 10% 감소했으며 생수 판매량은 16% 정도 증가했다. 어쨌든 비만세는 분명히 효과가 있는 것으로 보인다.

우리나라의 비만 정책

우리나라에서도 2014년에 비만세 도입에 관한 찬반 논란이 일었던 적이 있었다. 이에 대해 정부에서는 2016년 4월 '설탕세 도입은 검토하지 않겠다'라는 입장을 발표했다. 그 후 2021년 2월에 일부 의 원들에 의해 '국민건강증진법 일부개정법률안'이 발의됐다. 이 법률 안에는 "당류가 들어 있는 음료를 제조, 가공, 수입하는 회사에 국민 건강증진부담금을 부과하자.", "특히 설탕 함량이 많을수록 더 많은 부담금을 부과하자."라는 내용이 담겨 있다. 한마디로 비만세이다. 이 법률안은 많은 논란을 일으켰고 아직 통과되지는 않았다.

2018년에 보건복지부 등 9개 관련 부처가 마련한 최초의 범정부 차원 비만 예방 정책인 '국가 비만 관리 종합대책'이 발표되었다. 종합대책은 비만의 예방과 관리를 통해 국민의 건강한 삶을 구현하려는 것을 목표로 하고 있다. 이를 위해 식습관 교육 강화 및 건강한 식품 소비 유도, 신체 활동 활성화 및 건강 친화적 환경 조성, 고도 비만자 치료 및 관리 지원 강화, 국민의 인식 개선 및 과학적 기반 구축 등의 세부 과제를 정해 추진한다고 발표했다.

하지만 배리 팝킨은 우리나라의 종합대책은 신체 활동 증진 프로그램에 초점을 맞춘 것으로 보인다고 비판했다. 에너지 소모량은 적어지고 동물성 식품과 고열량 음식의 섭취가 늘어나는 현대인의 상황에서는 신체 활동만으로는 비만 문제를 해결할 수 없다고 말이다.

👤 건강식품 선택을 위한 소비 환경 조성의 중요성

사실 정책이 아무리 좋아도 소비자가 건강에 좋은 식품을 선택하도록 만드는 소비 환경이 조성되지 않으면 별 소용이 없다. 환경만 조성되면 소비자들은 알아서 선택할 것이다. 가격은 식품 선택에 있어서 가장 중요한 요소이다. 만약 정크푸드보다 건강식품의 가격이 더 내려간다면 소비자는 그것을 선택할 것이다. 즉, 소비자의 접근성을 개선해야 한다. 건강식품을 원활하게 공급할 수 있는 생산 유통 체계를 확립하는 것이야말로 정말 중요한 일이다.

"우리는 매일 포크로 투표한다."라는 말이 있다. 우리에게는 포크가 아니라 수저 정도 되겠다. 우리의 식품 선택은 단순한 개인의 기호를 표시하는 것이 아니다. 이는 이미 사회적인 행위가 되었다. 자신이 지지하는 식품 시스템에 대한 지원이라는 의미가 있는 것이다. 소비자의 기호와 선택에 따라서 식품 생산 방식은 충분히 바뀔 수 있다. 식품의 질을 개선하기 위해서는 우리의 적극적인 참여가 필요하다고 하겠다. 대중의 목소리는 우리 사회의 변화를 불러오는 강력한 힘이니 말이다.

비만에 대한 전망은 그리 긍정적이지만은 않은 것으로 보인다. 세계비만연맹이 발표한 보고서에 따르면, 1980년대 이후로 증가하기 시작한 비만율은 계속해서 늘어 2035년에는 세계 인구의 절반 이상이 비만이나 과체중으로 분류될 전망이다. 특히 더 우려되는 점은 5~19세의 어린이와 청소년 비만 증가율이 전체 연령층 중에서 가장 높을 것으로 예상된다는 점이다.

사회적 취약 계층에서는 과체중과 비만 문제가 더 심각해질 것으로 보인다. 교육 정도에 따른 과체중의 불평등 정도는 여성이 남성보다 높고, 날로 증가하는 추세를 보였다. 놀라운 것은 우리나라 여성의 과체중 불평등 정도가 다른 나라들에 비해 매우 높다는 것이다.

게다가 앞으로 비만과 관련한 가장 중요한 질병인 당뇨병 인구까지 급증할 것으로 예측됐다. 2021년에 5억 2,900만 명(6%)이었던 전 세계 당뇨병 인구는 2050년이 되면 세계 인구의 10%인 13억 명 이상으로 증가할 것이라 한다. 우리 시대의 가장 강력한 건강 위협 가운데 하나인 당뇨병에 어떻게 대처하느냐에 따라 향후 80년간 세계인의 건강과 기대수녕이 결정될 것으로 보인다.

그런데 당뇨병 환자의 필수 치료제 중 하나인 인슐린의 공급이 부족해질 수도 있다는 예측이 있다. 산제이 바수 등이 《랜싯》에 발표한 논문에 따르면, 만약 인슐린 공급량이 지금과 같은 수준에 머문다면 2030년에는 인슐린 투여가 필요한 환자 7,900만 명 중에서 3,800만 명만이 인슐린을 투여받을 수 있다고 예측했다. 인슐린은 가격이 높고, 세계적인 3대 제약회사가 시장을 주도하고 있다. 증가

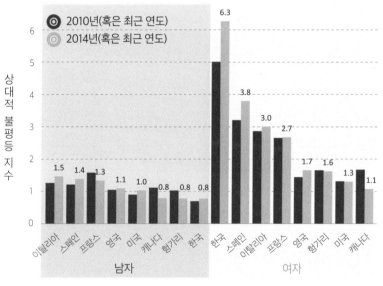

교육 정도에 따른 주요 국가별 과체중의 불평등 정도

하는 수요에 대비하여 원활한 공급이 이루어질 수 있도록 대책을 세워야 한다고 연구진은 경고한다.

이처럼 앞으로 우리가 살아갈 세상에서 비만에 대한 예측은 긍정적이지만은 않다. 우리는 '비만 권하는 사회'에서 살아남아야 하고 적응해 나가야 한다.

"진정한 행복은 먼 훗날 달성해야 할 목표가 아니라, 지금 이 순간 존재하는 것입니다." "행복은 미래의 목표가 아니라 오히려 현재의 선택이라 할 수 있지요."

《꾸뻬 씨의 행복 여행》에 나오는 말이다. 우리의 현재 선택이 우리를 행복하게 할 수 있다.

- 게리 타우브스(강병철 옮김), 《설탕을 고발한다》, 알마, 2019.

- 게리 타우브스(김영미, 김보은 옮김), 《Good Calories Bad Calories》, 도서출판 도도, 2014.

- 김윤아, 《또, 먹어버렸습니다》, 다른, 2021.

- 김훈기, 《생명공학 소비시대 알 권리 선택할 권리》, 동아시아, 2013.

- 데이비드 케슬러(이순영 옮김), 《과식의 종말》, 문예출판사, 2010.

- 로버트 러스티그(이지연 옮김), 《단맛의 저주》, 한국경제신문사(한경비피), 2018.

- 리언 래퍼포드(김용환 옮김), 《음식의 심리학》, 인북스, 2006.

- 리처드 랭엄(조현욱 옮김), 《요리 본능》, 사이언스북스, 2011.

- 마이크 애덤스(김아림 옮김), 《음식의 역습》, 루아크, 2017.

- 마이클 모스(최가영 옮김), 《배신의 식탁》, 명진출판, 2013.

- 마이클 모스(연아람 옮김), 《음식 중독》, 민음사, 2023.

- 마이클 파워, 제이 슐킨(김성훈 옮김), 《비만의 진화》, 컬처룩, 2014.

- 마이클 폴란(김현정 옮김), 《요리를 욕망하다》, 에코리브르, 2014.

- 마이클 폴란(서민아 옮김), 《푸드 룰》, 21세기북스, 2010.

- 마이클 폴란(조윤정 옮김), 《마이클 폴란의 행복한 밥상》, 다른세상, 2009.

- 마이클 폴란(조윤정 옮김), 《잡식동물 분투기》, 다른세상, 2010.

- 마이클 폴란(조윤정 옮김), 《잡식동물의 딜레마》, 다른세상, 2008.

- 매리언 네슬(김정희 옮김), 《식품정치》, 고려대학교출판부, 2011.

- 멜라니 뮐, 디아나 폰 코프(송소민 옮김), 《음식의 심리학》, 반니, 2017.

- 모건 스펄록(노혜숙 옮김), 《먹지 마, 똥이야!》, 친구미디어, 2006.

- 박승준, 《내 몸의 설계자, 호르몬 이야기》, 청아출판사, 2022.

- 박승준, 《비만의 사회학》, 청아출판사, 2021.

- 박승준, 《식욕이 왜 그럴 과학》, 다른, 2023.

- 박용우, 《음식 중독》, 김영사, 2014.

- 배리 팝킨(신현승 옮김), 《세계는 뚱뚱하다》, 시공사, 2009.

- 브라이언 완싱크(강대은 옮김), 《나는 왜 과식하는가》, 황금가지, 2008.

- 빌 브라이슨(이한음 옮김), 《바디: 우리 몸 안내서》, 까치, 2020.

- 앤드루 젠킨슨(제효영 옮김), 《식욕의 과학》, 현암사, 2021.

- 에릭 슐로서(김은령 옮김), 《패스트푸드의 제국》, 에코리브르, 2001.

- 에릭 슐로서, 찰스 윌슨(노순옥 옮김), 《맛있는 햄버거의 무서운 이야기》, 모멘토, 2007.

- 윌리엄 더프티(이지연, 최광민 옮김), 《슈거 블루스》, 북라인, 2006.

- 유르겐 브라터(이온화 옮김), 《정장을 입은 사냥꾼》, 지식의숲, 2009.

- 유진규, 《맛의 배신》, 바틀비, 2018.

- 정재훈, 《정재훈의 생각하는 식탁》, 다른세상, 2014.

- 조지 리처(김종덕 옮김), 《맥도날드 그리고 맥도날드화》, 시유시, 1999.

- 존 앨런(윤태경 옮김), 《미각의 지배》, 미디어윌, 2013.

- 존 유드킨(조진경 옮김), 《설탕의 독》, 이지북, 2014.

- 지닌 로스(조자현 옮김), 《가짜식욕이 다이어트를 망친다》, 예인, 2013.

- 찰스 스펜스(윤신영 옮김), 《왜 맛있을까》, 어크로스, 2018.

비만 권하는 사회에서 살아남기

- 최훈, 《철학자의 식탁에서 고기가 사라진 이유》, 사월의책, 2012.

- 커렌 케이닉(윤상운 옮김), 《가짜 식욕 진짜 식욕》, 예지, 2011.

- 케이 쉐퍼드(김지선 옮김), 《음식 중독》, 사이몬북스, 2013.

- 케이틀린 셰털리(김은영 옮김), 《슬픈 옥수수》, 풀빛, 2018.

- 켈리 맥고니걸(신예경 옮김), 《스트레스의 힘》, 21세기북스, 2020.

- 키마 카길(강경이 옮김), 《과식의 심리학》, 루아크, 2020.

- 피에르 베일(양영란 옮김), 《빈곤한 만찬》, 궁리출판, 2009.

- 토머스 프리드먼(최정임, 이윤섭 옮김), 《세계는 평평하다》, 창해(새우와 고래), 2006.

- 프란시스 들프슈, 베르나르 메르, 엠마뉘엘 모니에, 미셸 홀스워스(부희령 옮김), 《강요된 비만》, 거름, 2012.

- 허먼 폰처(김경영 옮김), 《운동의 역설》, 동녘사이언스, 2022.

비만 권하는 사회에서 살아남기

초판 1쇄 인쇄 · 2024. 8. 20.
초판 1쇄 발행 · 2024. 8. 30.

—

지은이   박승준
발행인   이상용 · 이성훈
발행처   청아출판사
출판등록   1979. 11. 13. 제9-84호
주소   경기도 파주시 회동길 363-15
대표전화   031-955-6031 팩스 031-955-6036
전자우편   chungabook@naver.com

—

—